公元787年,唐封疆大吏马总集诸子精华,编著成《意林》一书6卷,流传至今
意林:始于公元787年,距今1200余年

意林®轻文库
青春最美,梦想出发
中国式好看轻小说优鲜品牌

路过你心里，余光都是你 ①

饼干芭娜娜 著

吉林摄影出版社

·长春·

图书在版编目（CIP）数据

路过你心里，余光都是你. ① / 饼干芭娜娜著. ——长春：吉林摄影出版社，2018.10
（意林·轻文库. 萌宠系守护系列）
ISBN 978-7-5498-3825-7

Ⅰ.①路… Ⅱ.①饼… Ⅲ.①长篇小说—中国—当代 Ⅳ.①I247.5

中国版本图书馆CIP数据核字(2018)第235353号

路过你心里，余光都是你①
LUGUO NI XIN LI, YUGUANG DOU SHI NI ①

著　　　者	饼干芭娜娜
出 版 人	孙洪军
总 策 划	安　雅　张　星
责任编辑	李　彬
图书统筹	夏耳耳
特约编辑	张玉玲
绘　　图	清　茗
书籍装帧	胡静梅
图书设计	王　春
开　　本	880mm×1230mm　1/32
字　　数	300千字
印　　张	8
版　　次	2018年10月第1版
印　　次	2018年10月第1次印刷

出　　版	吉林摄影出版社
发　　行	吉林摄影出版社
地　　址	长春市泰来街1825号
	邮编：130062
电　　话	总编办：0431-86012616
	发行科：0431-86012602
网　　址	www.jlsycbs.net
经　　销	全国各地新华书店
印　　刷	天津中印联印务有限公司
书　　号	ISBN 978-7-5498-3825-7　　　　定价：29.90元

版权所有　　侵权必究
如发现印装质量问题，请与印务部联系退换，电话：010-51908584

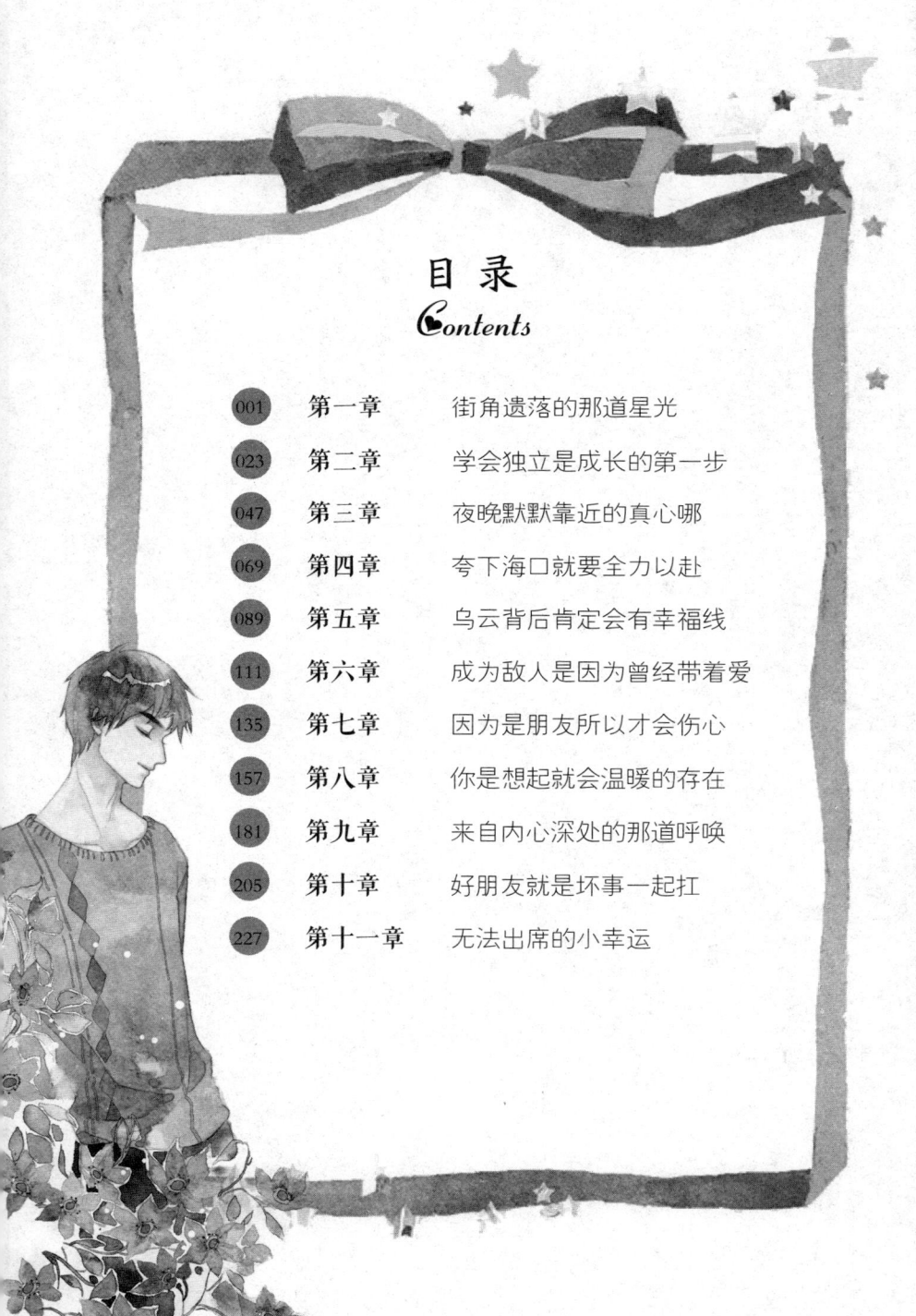

目录
Contents

001	第一章	街角遗落的那道星光
023	第二章	学会独立是成长的第一步
047	第三章	夜晚默默靠近的真心哪
069	第四章	夸下海口就要全力以赴
089	第五章	乌云背后肯定会有幸福线
111	第六章	成为敌人是因为曾经带着爱
135	第七章	因为是朋友所以才会伤心
157	第八章	你是想起就会温暖的存在
181	第九章	来自内心深处的那道呼唤
205	第十章	好朋友就是坏事一起扛
227	第十一章	无法出席的小幸运

第一章 街角遗落的那道 星光

1

是渐渐变暖的天气,虽然不时有凉风袭来,但春天的气息依旧弥漫在每一个角落。豪华富贵的别墅群被充满生机的绿色植被覆盖,从城市的上空往下看,植物像是一片绿色的海洋,而点缀其中的三层楼小洋房则像是白色的岛屿。

复古的红砖路上,一道庄严霸道的黑色铁门矗立在昏黄的路灯下,门前立着个身材高挑的女生,在路灯的照耀下,拉下一道长长的光影。她面容清秀白皙,一头海藻般的墨色长发柔顺地散在肩上,灵动而又清澈的眸子里因为忧伤被蒙上了一层雾气,高挺小巧的鼻尖红红的,彰显着哭过的痕迹,嘴唇紧紧抿着,有一股不服输的倔强。

此时,她正使劲儿地敲着铁门,但十几分钟过去,里面一点儿动静也没有。

眼看着暮色越来越深,少女的耐心终于耗尽,气急败坏之下,她狠狠地踹击了一脚铁门。沉闷的撞击声在暮色中迅速扩散,却像是温柔的羽毛落入巨大的湖面,没有得到任何回应。

夏知微终于放弃了,她收回敲得有些红肿的手颓丧地靠在铁门上,两眼无神地注视着脚边两个粉红色的巴黎世家新款行李箱,依旧不敢相信今天发生的一切。

半个小时前,从医院探望完爷爷的她回到家中,却发现自己的行李不知何时被打包扔到了门外,姑姑站在门前冷漠地宣布她将不再是这个家的一分子,往后也不许她去医院探望爷爷。

没有任何解释,也没有半点儿说明,就这样被莫名地扫地出门,夏知微感到愤怒的同时,隐隐猜到一切又是那个叫许眉的陌生女人搞的鬼。

许眉是半个月前出现的,那时爷爷突然病倒,昏迷不醒被送进医院。一家人手忙脚乱之时,这个女人带着个纤细瘦弱的女孩出现在自家门前,口口声声说这是爷爷的亲孙女。

起初,大家只当这个女人的话是疯话,将她赶了出去,没想到几天过后,竟是自己的姑姑夏小艾亲自将母女二人迎进了家门,在热情招待之余,对夏知微的态度也越发恶劣。

夏知微自幼失去双亲,由爷爷抚养长大,虽然没有父母的爱护,时常让夏知微觉得有些缺憾,但因为有爷爷,她觉得自己拥有双倍的爱。

姑姑是在十年前和姑父离婚后搬回家中的,一同回来的,还有比自己小一岁的表妹林佳茉。刚开始,姑姑对自己还算友好,可长久的相处中,夏知微敏感的内心慢慢察觉到一些异样,那就是姑姑并不是真的喜欢自己。一开始她也想过,是不是因为自己做错了什么才会让姑姑如此讨厌自己,可后来她发现,姑姑讨厌的并不是她这个人,而是她所拥有的宠爱。

更让她难过的是,就连一向对自己友善,曾经和自己无话不说的佳茉也突然疏远自己,态度变得怪怪的,她还没来得及问她究竟怎么了,佳茉就被姑姑送去国外进修音乐了。

因为有爷爷在,姑姑对自己的态度还算温和。可没想到爷爷一离开家,她就立马跟变了个人似的,脸上覆满冰霜,眼里也透着疏离,赶自己出门的时候也是那样冷漠与决绝。

一想到这里,夏知微就觉得胸口像堵了千万块石头,闷闷的。她无奈地从口袋里掏出手机,试图求助于通讯录里的百十来号人,但电话打了一圈,这些人不是匆匆挂断,就是干脆不接,好不容易接通了,又支支吾吾地说家里人不让她们来往……

瞬间，积压的怒火全都蹿上心头。

凭什么不让自己见爷爷？

凭什么因为那个陌生女人的几句话就将自己赶出家门？

凭什么这些朋友只因自己身份不明就要疏远自己？

想到这里，夏知微狠狠地用拳头砸着铁门，不同于上一次的轻柔，这一次带有明显的愤怒。

"开门，开门，凭什么把我赶出来？这里是我家，我家！"

声嘶力竭的叫喊声终于换来了回应，门开了一条缝隙，一张布满皱纹的脸出现在眼前，是从小将她拉扯大的保姆张姨。

夏知微一看见张姨，仿佛有了依靠一般，拖起行李箱不管不顾地就要往里闯，没想到被张姨一把拦了下来。

"张姨，你干吗拦着我？"夏知微疑惑地问。

张姨抵在门前，面露难色："小姐，你不能进去，要是放你进去了，我以后也不用在这里工作了。"

夏知微瞪大眼睛，有些难以置信，没想到姑姑这么狠心，竟然拿工作来威胁张姨。她的眼里现出一抹怒色，愤愤不平地说："张姨，你别听她的，等爷爷醒了，我自然会跟爷爷说的，到时候你不用负半点儿责任。"

哪知张姨听了，眼眶开始发红，不再阻止夏知微往门内闯，而是双手合十摆在胸前恳求道："小姐，算我求你了，你还是走吧，老爷一时半会儿也醒不了，现在整个家里都得听你姑姑的，你也知道，她脾气不好，老爷没生病的时候，她还能给你点儿好脸色，现在老爷躺在医院昏迷不醒，她说什么都不会让你好过的。"

看着张姨为难的模样，夏知微忽然有些不忍，从小到大，对自己最好的除了爷爷就是张姨了，自己爱吃的，爱穿的，脾气、性格、喜好，张姨全都知道得一清二楚。这些年来，她无微不至地照顾自己，虽然没有父母的陪伴，但夏知微知道自己得到的爱从来就不会少。她知道自己不该为难张姨，可如果进不了家门，她还怎么找姑姑理论？

这边，夏知微陷入了深深的纠结之中，张姨已经发起了恳求："小姐，我那乡下儿子刚结婚，什么都等着我去置办，我真的不能没有这份工作，而且……"她犹豫了一下，声音有些哽咽，"而且这里，已经不是你的家了……"

最后一句话仿若一道惊雷，击溃了夏知微最后一道防线，她内心一颤，刚才的怒火被沮丧瞬间冲散。

她抬起头，怔怔地注视着那栋白色的洋楼，橘黄色的灯光透过巨大的玻璃窗柔和地洒在外面的草坪上，温和而静谧。

往常这个时候，他们一家人正围着饭桌愉快地用餐，可现在，她却被这道冰冷的铁门阻隔在外，只能远远地看着。

这个屋子里已经没有了爷爷，有的只是苛刻严厉的姑姑和那个叫作许眉的陌生女人，以及那个霸占了自己身份，跟自己年纪相仿的女孩夏颖。

至于自己，已跟这里无关。

张姨说得对，这里确实已经不能说是她的家了……

彻骨的悲伤蔓延至心头，夏知微深深地吸了一口气，上前拥抱了一下张姨，在对方惊讶的眼神中，沉重地吐出几个字："好，我走。"

与其死皮赖脸地赖在这里，不如潇洒地离开，这是夏知微固有的坚持和骄傲。

张姨的眼角忽而有些发酸，到底是个十几岁的女孩，还是自己一手带大的，从小到大都没吃过苦，就这么被赶出家门，真不知道她该怎么熬下去。

夏知微看出了她的顾虑，扯了一抹苦涩的笑容，安慰她道："张姨，你放心，我会好好照顾自己的，不就是换个住的地方吗？没什么的。"

"可……"

张姨张了张口，欲言又止，夏知微怕她为难，干脆拉起行李箱快速离开。

昏暗的灯光在地面上拉下一道寂寥的影子，夏知微转身的时候，丝毫没有注意到家门口的灌木丛中有一个黑色的镜头正对着自己一通抓拍，躲在镜头后面的不是别人，正是学校大名鼎鼎的八卦小天后苏小小。

看着镜头中夏知微落寞的背影，扎着双马尾，模样娇小可爱的苏小小露出一抹得意的笑容，今天拍到的画面足够她在学校制造一个爆炸性新闻，这一次，她一定能在学校的官方媒体面前抬起头！

暮色越来越沉，夏知微拖着疲惫的身躯独自行走在车辆穿行的马路上，从未觉得这条路是如此长。

手中的行李越来越重，肚子也在咕咕直叫，无助和委屈铺天盖地地袭来，有温热的液体滑过脸庞，她只好胡乱地抹了一把眼泪，努力压下心中的悲伤，不断地安慰自己，否极泰来，霉运到了一定的时候自然会触底反弹，这不过是一场噩梦，梦醒了，一切都会好转……

2

可事实证明，否极并不会泰来，人倒霉的时候，连喝凉水都会塞牙。

夏知微好不容易拖着行李箱来到最近的一家五星级酒店，却被告知，她的信用卡已经被停用了，而身上的钱根本不足以支付一个晚上的房费。

曾经因为跟爷爷赌气离家出走，她在赫赫有名的希尔顿酒店一住就是一个月，房费、服务费给起来眼睛都不眨一下。现在，居然连一个名不见经传的普通酒店都住不起，只能在服务生"和善"的眼神中拎着箱子走人。

更让她意想不到的是，正当她揣着兜里的几百块钱站在马路边思考该何去何从的时候，一个骑着单车的男生载着一个巨大的保鲜箱急匆匆地朝她驶来。

夏知微躲闪不及，连人带行李箱被重重地撞倒在地，脑袋也被从保鲜箱里散落出来的不明物体砸得生疼。

"哎哟。"

她惊呼一声，等回过神来，才发现砸她的不是别的，竟是一只只拳头般大小的冻鸡腿！而她漂亮的裙子和名贵的行李箱上，也沾了一堆黏糊糊的生肉串！

眼前的一切让夏知微整个人都蒙了，从小到大她一次厨房都没有进过，所有的食材都是经花样料理后摆在她的面前，这些油腻腻的东西，她连碰都不愿意碰一下，现在居然撒了她一身。

"啊！赶紧把这些恶心的东西从我的身上拿开！"

夏知微朝肇事者吼道，看向裙子上的东西的目光也如视蛇虫鼠

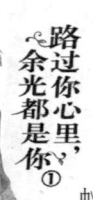

蚁一般,带着满满的恐惧和嫌弃。

然而男生只顾埋头收拾食材,一点儿搭理她的意思也没有。

无故撞人不说,态度竟还这般恶劣!

夏知微气急,抖落身上油腻的肉串,气势汹汹地冲到男生面前质问道:"你这个人是怎么回事,就这样对待被你撞到的人?"

男生终于抬起头,竟意外地有些帅气,白皙的脸上虽然沾了灰尘,五官却异常俊美,长而卷翘的睫毛下,那引人注目的剔透的深棕色眼眸像是最纯净的琥珀,很容易抓住人的视线,高挺英气的鼻梁下,薄薄的嘴唇扬起一抹有点儿不耐烦的弧度。

夏知微眨了眨眼睛,感到有些不可思议。

这个人……这个人不就是学校里大名鼎鼎的校园小王子沐星澜吗?

虽然和沐星澜不在同一个班级,但他的名字在学校也算是如雷贯耳。沐星澜成绩优异,长相帅气,传闻他不仅家境优渥,还有一个混娱乐圈的明星母亲,更重要的是,他还是学校击剑队的一员,击得一手好剑,是学校女生心目中的"男神",有一堆忠心耿耿的粉丝。去年好事的同学,还将他俩评选为校园公认的"男神""女神"。

可是此刻,她打量着眼前这个穿着外卖小哥制服的少年,无论如何也无法将他和学校里那个闪闪发光的大少爷联系在一起……

沐星澜看到夏知微显然也吃了一惊,但表现得没有夏知微那么明显。这些天,他在学校也听了一些关于她家里的事情,原本只当作谣言,可看到她身旁的两个行李箱和如此落魄的模样,心想,谣言应该不假了。

相互撞破彼此的秘密,两人都感到有些窘迫,不知该友好地打声招呼,还是假装不认识就此离开。

而另一边，从夏知微家的草丛一直跟到酒店门口的苏小小，在看到眼前一幕时差点儿没激动地抖落掉手中的相机。

校园击剑小王子街头撞上落魄千金夏知微！

虽然不知道沐星澜为什么会是一副外卖小哥的装扮，但苏小小知道，她今天撞上大新闻了，这样爆炸性的消息在校园里传出去，一定会引起轰动，连新闻标题，她都在一瞬间想好了！

就在三人各怀心思的同时，沐星澜的手机响了，他像抓住救命稻草一般拿出手机，刚按下接听键，母亲李安琪的咆哮声就从遥远的电话那头传了过来。

"星澜，你到哪里了？衣服呢，怎么还没给我送来？还有两个人就轮到我了，你知不知道这次试镜对妈妈来说有多重要，你可千万不能给我掉链子啊！"

沐星澜飞快地扫了一眼屏幕上方的时间，这才发现距离妈妈试镜的时间已经所剩无几了，妈妈很重视这次试镜机会，如果错过，后果可想而知。

本想打算给夏知微道个歉再离开，眼下看来已经来不及了，他一边匆匆收拾散落在地上的食材，一边安慰李安琪道："妈，你别急，我很快就到，你安心准备就好。"说着，迅速将保鲜箱重新固定在后座上，跨上单车飞速离去，留下莫名其妙的夏知微呆愣在原地。

"他就这样走了？"

夏知微盯着远去的人影，喃喃自语，等反应过来，那身影已经化作黑点钻入夜色中消失不见了。

没有礼貌！倒霉透顶！

夏知微愤愤地骂了一声，走到倒地的行李箱前，在看到上面的油渍时不由得皱起了眉头，犹豫了好长时间，才拿出纸巾一点点地

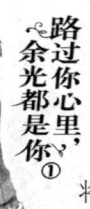

将它们擦拭干净。

夜幕降临，街道两旁的商店早已亮起了霓虹灯，五颜六色的，异常繁华，但满世界的繁华，落在夏知微的眼中也添了一丝灰暗的色彩。

拖着重重的行李箱，夏知微在路人异样的眼光中穿梭在大街小巷里，感到心情越来越低落。离开时，她曾信誓旦旦地跟张姨保证说她能照顾好自己，可现在，她连住的地方都找不到，还怎么照顾好自己？

比起彷徨失落，充斥在夏知微心里的更多的是挫败。

平日里总觉得自己无所不能，没想到最后竟落到无家可归的田地。

就这样在街上不知道走了多久，等回过神来，发现落在眼前的是一排熟悉得不能再熟悉的有着红色屋顶的简约派欧式建筑。

竟不知不觉走到学校来了……

夏知微的嘴角不由得扯出一抹苦笑。

也难怪，在这个城市里，自己最为熟悉的，除了家就是学校了……

提着箱子准备转身的时候，一个久远的回忆像是在海底无助下沉时握住的柔软海草，突然出现在夏知微的脑海里。

还是在刚升上高中那会儿，爷爷因为看了新一期的交换生活真人秀节目《成长的蜕变》，便每天叨叨着节目中的女主角勤俭又独立，既能适应乡下的生活，还能够在多人宿舍里跟同学和睦相处。

夏知微那时也不知道哪里来的勇气，说自己也能够离开张姨和爷爷独立生活，于是便在高一上学期开学报名的时候，申请了学校的四人宿舍，并交了一年的住宿费。

高中部的学生大多同夏知微一样，是从初中部直升过来的，他们清楚地知道夏知微以往过的是怎样优越的生活。

所以在听说夏知微要住宿舍后，整个学校都炸开了，大家都想要看看富家女夏知微如何适应宿舍生活。可因为爷爷的挽留和劝阻，夏知微最后连宿舍的大门都没有进过。

现在是高一下学期，仔细算算，住宿费刚好到这个学期末，她还能再住几个月。

走到那栋粉红色的建筑前，夏知微重重地叹了一口气。

这里便是学校的女生宿舍了，从建筑里透出来的灯光温暖得像一颗颗小小的太阳，散发着令人安心的光芒。相较于此刻的寒冷，对于落魄的自己来说，这里就像是一个安全的避风港。

尽管如此，夏知微的内心还是有些焦灼和忐忑。

她不知道迎接自己的到底是怎样的环境，也不知道接下来会有怎么样的风言风语。可眼看着夜色越来越深，自己又如此落魄，她知道，这是自己目前最好，也是最后的选择了。

咬咬牙，夏知微用手揉搓了一下自己的脸，试图让自己振作起来，并在心里不断地告诉自己——

"不能被打倒，一定不能被打倒！一切都会好起来的！"

带着这样的信念，她挺了挺背脊，努力恢复自己平时那副骄傲又自信的模样，径直朝宿舍走去。

第一章 街角遗落的那道星光

3

和想象中一样,当夏知微拖着行李箱站在宿管阿姨面前同她争取自己的住宿资格时,那些听到消息的女生都跑出宿舍朝她这边围了过来,细碎的议论声不大不小,恰能传到她的耳朵里。

"咦,这不是大名鼎鼎的夏知微吗?怎么会想着来住宿呢?"

"听说她上学期就申请了住宿,不过好像一次都没来过吧!怎么今天想着来了?"

"难不成传说中的消息都是真的?"

夏知微挺直了背,神情还是一如既往地骄傲,似乎这些闲言碎语对她而言根本不值一提。

但只有她自己知道,她的内心早已经溃不成军。

她能有别的办法吗?

难不成要在这群摆明想要看自己好戏的人面前表现出自己的伤心和失落不成?

不,不,不,这一点她绝对做不到……

从小到大,尽管她总是在爷爷面前撒娇装可怜,可内心的倔强让她在真正伤心的时候,绝对不容妥协。

就像初二那年学校的周年会演,她作为主持人,发现写台本的女生竟然差点儿漏掉其中一个班级的合唱表演。她好心提醒了那个女生几句,没想到那女生竟然做出极其委屈的样子跟大家告状,害夏知微受到大家的嘲讽和奚落。

那个时候大家都说,像她这种眼睛长在头顶的富家女,就是习惯以欺负和奚落别人为乐趣。

那时她的心里就像是装进了大颗大颗的海绵泡泡,咕噜咕噜地翻涌着悲伤，她想解释，可最终什么也没有说，只是假装什么都不在意的样子。

在长期跟姑姑和林佳茉相处的过程中，这样的事情也不少，虽然爷爷每次都站在自己这边，但这种被冤枉和污蔑的滋味还是会让她感到很不好受。

很小的时候，夏知微就明白一个道理，那就是千万不要让想要欺负你的人看到你脆弱的一面，那样，非但不能减轻悲伤，还能让欺负你的人得逞。

"夏知微？我怎么不记得有这么个名字啊……"宿管阿姨一边翻着住宿本一边碎碎念，将夏知微从回忆的旋涡里拉了出来。

"您再好好找找，上学期开学的时候已经交过钱了。"

宿管阿姨不耐烦地抬起头看了夏知微一眼，见她穿得整齐又时尚，眉头皱了皱："怎么想起这么晚了来住宿啊？"

听到这个问题，围观的女生们纷纷竖起了耳朵。

夏知微吞了吞口水，尽可能使自己的语气听起来平静："没什么，就是想来体验体验集体生活，感受一下住宿是什么样的感觉。"

听到这个答案，围观的群众显得有些失望，宿管阿姨则有些狐疑地看了夏知微一眼。

这个眼神让夏知微的脸颊有点儿发烫。

经过十几分钟的翻找，宿管阿姨终于找到了夏知微的住宿申请单。

经过简短的住宿登记以后，她在电脑上查找空余的床位，对她说："你现在来住宿，好多宿舍都已经住满了哦……"

夏知微点了点头，没有说话。

其实她对自己会遇到什么样的舍友没抱任何幻想，此刻的她只希望能够好好洗上一个热水澡，然后窝进温暖的被窝痛痛快快地睡

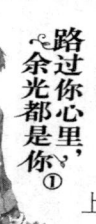

上一觉。

"就剩最后一个宿舍还有床位了,303,嗯,现在只有一个人住,你可以住在那里。"说完,宿管阿姨从身后的储物柜里拿出住宿生需要的被子和被套。

听到自己即将入住的宿舍里只有一个人,夏知微微微松了一口气,甚至有点儿欣喜。但身后围观的女生却在听到"303"时发出一阵惊恐的唏嘘声。

"303?不是吧!天哪!太可怕了,夏知微这一次凶多吉少啊……"

"喂喂,你们敢跟着过去看看待会儿会发生什么吗?"

"我也想啊,超级想,可是一想到宿舍里的那个人,我就觉得好害怕啊……"

这些嘘声让夏知微的心里隐隐传来一丝不好的预感,至于她们口中的宿舍里的"那个人",更是让她感到有点儿不寒而栗……

4

在大家细碎的议论声中,夏知微将被子和被套放在行李箱上,大步朝303寝室走去。与此同时,围在自己身边的女生也越来越少,剩下的几个,几乎是带着誓死如归却又极其好奇的表情跟在她的身后。

难不成303是个龙潭虎穴,里面住着个穷凶极恶的野兽?

夏知微的心里忽然有些发怵。

303的门已经近在眼前,选择看戏的女生们却在这个时候不约而同地跟她拉开了好几米的距离,脸上带着期待而又忐忑的表情。

察觉到她们的变化,夏知微微微皱了皱眉,抬手就要敲门。

"啊……"

身后的女生齐齐传来一阵兴奋又害怕的呼声。

夏知微不耐烦地回头瞪了她们一眼,她们慌忙捂住自己的嘴巴。

这个时候,门自动打开了。

里面走出一个穿着蓝色运动装的女生,剪着齐耳短发,肤色黝黑,面容硬朗,身形高大健壮,就是一脸嚣张冷漠的表情,让人看着略微有些不爽。

看到这个女生出现,本来围观的女生们立马作鸟兽散。

终于清静了,可是眼前的沉默却让整个气氛变得更加尴尬。

夏知微看着眼前的女生,也不由得深吸一口气。

这个女生不是别人,正是学校里鼎鼎有名的大力王——李笑鸽。

李笑鸽是以体育保送生的身份进入学校的,擅长长跑和标枪的她曾是好几个老师争夺的体育苗子。传说中的她除了力大如牛,对人也非常冷漠刻薄。据说有一次在食堂打饭的时候,一个男生竟然不怕死地在她的前面插队，后果就是——

她当着所有人的面把那个男生从队伍里拎了出来，并且丢了出去。

嗯，像是丢一颗铅球那样轻巧地丢了出去……

"夏知微？"李笑鸽率先开口，她看着出现在宿舍外面的夏知微，明显感觉有点儿疑惑和讶异。

夏知微回以一个尴尬又不失礼貌的微笑："呵呵，你知道我呢……"

"怎么不知道？鼎鼎大名的富家女嘛，学校里有谁不知道你啊……"李笑鸽说完，警惕地问，"你站在我宿舍外面干吗？"

"我来住宿，宿管阿姨把我分到这里了。"夏知微说完就把箱子往宿舍里拖。

可刚踏进宿舍，鼻腔里就立马充斥了一股难以形容的怪味儿，那味道让夏知微的胃开始一阵翻涌。

忍住想要强烈呕吐的欲望，夏知微捏住鼻子，四下打量起宿舍来。

只见四人的床位，除了左边靠近门的位置有被子以外，其他三张床都被不知放了多久的运动衫、运动裤以及袜子堆满，地板上除了粘有让人感到恶心的油渍以外，还躺着不少零食包装袋和泡面盒。更让人想不到的是，就连洗漱台前的镜子也难逃厄运，一件灰色的运动内衣不偏不倚地搭在镜子上，遮住了大半个镜面。

这是人住的地方吗？

夏知微瞪大眼睛，满脸不可思议。

一直站在夏知微身后的李笑鸽这时慢慢发话："富家女，你怎么会想到来我们这种地方住啊？"声音中带着明显的嘲讽。

夏知微没有回答她的问题，而是指着地上的垃圾嫌弃道："宿舍这么乱，你是怎么住下去的？"

"那有什么？你以为所有人都像你这样娇贵吗？"

李笑鸽满脸不以为意，她伸出一条腿，把挡在自己面前的垃圾踢了踢，就这样蛮横地清扫出一条道路，然后沿着这条窄窄的路径直走到自己的床铺前，大大咧咧地坐了上去。

夏知微气不打一处来，却也说不出一句可以反驳的话，只能红着脸站在原地。

"怎么，不习惯我们这种生活条件？那你让宿管重新给你安排吧……"说完，李笑鸽瘫倒在床上，一副无所谓的样子。

夏知微的手紧紧地攥着行李箱的拉杆，恨不得马上离开这个糟糕的地方，宿管阿姨的话却在这时飘进她的脑海中。

"只有最后一个宿舍有空位了哦……"

最后一个宿舍……

为什么别的宿舍都没空位，只有这里有，答案不是昭然若揭吗？

花了一个多小时，夏知微才清理完地板上的垃圾，旁人都说她是娇滴滴的富家女，可她觉得此刻的自己跟灰头土脸的灰姑娘没有什么差别。

擦了擦额头上的汗水，宿舍里那股难以描述的味道虽然依旧充斥着每一个角落，但与刚才相比减弱了许多。只是在看到堆积在各个床位的脏衣服还有挂在镜子上的运动衣时，她还是忍不住皱起眉头。

"李笑鸽，你能把你的衣服收拾一下吗？"夏知微冲瘫倒在床上玩手机的李笑鸽说道。

李笑鸽听到这里，才慢悠悠地从床上坐起来，语气很不耐烦："你睡哪张床？"

夏知微愣了一下，随后指着离李笑鸽最远的位置说："那里。"

李笑鸽点点头,开始收拾自己的衣服。

见她还算有点儿行动力,夏知微的不满这才减少了一些,从行李箱中拿出睡衣和洗漱用品朝最里面的卫生间走去。

褪去全身的衣服,温热的水从头顶上倾泻而下,夏知微觉得一整天的疲累和失落在热气的蒸腾中瞬间消散。

轻轻闭上眼,感受着沐浴露的泡泡温柔地包裹全身,仿佛置身于洁白的棉花田地,拥有前所未有的轻松和愉悦。

正享受着洗澡所带来的舒畅感觉的时候,突如其来的冰冷让夏知微整个人战栗了一下。

"啊……"她叫了一声。

"水变凉了吧?忘了告诉你,我们宿舍电路经常不稳,洗澡一定要快……"门外传来李笑鸽不咸不淡的声音。

夏知微看着自己浑身的泡泡,忍不住抱怨:"那什么时候会变热啊?"

"不知道,看热水器的心情吧。"李笑鸽说。

慢慢好转的心情瞬间跌入谷底,夏知微迅速冲掉身上的泡沫,套上睡衣就匆匆离开了卫生间。一抬头,就看到李笑鸽把原本分散在各个角落的脏衣服集中在了一张没有人睡的床上。

极力压制住内心即将喷涌而出的怒火,夏知微咬了咬牙,努力让自己陷入美好的幻想中。

自己并没有住过这样脏乱差的宿舍,只要把床铺好了,她就会又回到那个熟悉的充满玫瑰香薰味道的粉红色房间。

房间里除了柔软的天鹅绒被子,还有淡蓝色的纯棉床单,一直陪伴着自己的粉红豹娃娃会给自己最温暖的拥抱,带着这个拥抱,她会进入香甜的梦境……

要是以往，这样的自我催眠总能恰到好处地分散她的注意力，让她很快进入梦乡。

可是今天，当灯熄灭，夜幕彻底降临，混杂着奇怪味道的宿舍陷入宁静时，一记雷鸣般的呼噜声突然响彻整个房间，打破了这份宁静。

轰隆隆，天地都要炸裂一般。夏知微将头埋进被子里，却丝毫没能阻挡噪声的侵袭。

她用力地堵住耳朵，眼睛不由自主地开始湿润起来。

明明在一天之内经历了这么多难过的事情都忍住了不哭泣，可是这一会儿，似乎怎么都忍不住了。

鼻子里的酸涩加上心中的憋闷，让泪水开始不断地掉落，润湿了贴在脸庞的发丝和枕巾。

终于哭出来的舒畅让心里压抑的情绪得到了一点点的缓解，夏知微抱着被子，在狭小的床上蜷缩着睡着了，她的姿势像是一个受伤的小孩儿，显得那么孤单和无助。

在极度困乏中，她进入了梦境，梦里，她站在一个地下通道里，周围除了摇曳的水光，就只剩下灰色的墙壁。

"爷爷。"她试探性地喊了一声。

可回应她的只有一记悠长的隐隐约约的回声。

她在通道中四处摸索，希望能够找到出口，可不管怎么走，最终都会回到这个水光摇曳的地方。

在水光中迷失，却又无力改变。

夏知微在灰暗而迷茫的梦境中徘徊了整整一个夜晚，终于在恐惧中惊醒，而这个时候，天已经亮了，她的眼角还噙着湿润的泪水。

离开家的第一个晚上，她睡得并不安稳，陌生的地方，陌生的床，

第一章 街角遗落的那道星光

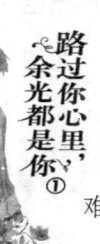

难闻的气息,恐怖的呼噜声,整整一个晚上,噩梦都没有断过。

有阳光破窗而入落在脸上,暖暖的,却也异常刺眼,她用手遮住阳光,透过指间的缝隙怔怔地盯着破旧的天花板,回想起昨天的事情,觉得一切都是那么虚幻。

不过短短的一天,却仿佛过了一个世纪。

夏知微想,如果这一切是梦该有多好,梦醒了,她还在那个家中,爷爷没有生病,许眉没有出现,有疼她的张姨,有温馨的家……

可现实终究是现实,依旧乱糟糟的宿舍,还有熟悉的还未散去的气味,以及床头闹铃响起的振动声,这一切的一切瞬间打破了她所有美好的幻想。

看到闹铃屏幕上显示的时间,夏知微瞬间从床上弹了起来,她差点儿忘了今天还要上课,而且距离上课时间仅剩半个小时了!

要是在平时,半个小时的时间足够她不慌不忙地吃完张姨精心准备的早餐,再由司机送往学校。可如今的她,不仅没有美味的早餐,更没有招之即来挥之即去的司机。

夏知微连忙跳下床,从行李箱里翻出新款的早秋针织连衣裙,匆匆套在身上后,又飞快地冲进洗手间。

终于将自己收拾得还算干净妥当,她满意地站在镜子前,冲镜中的自己亮出一抹明媚的笑容。

就算踩在泥地里,也要永远有公主的姿态。

这句话听起来有些矫情,却是从小到大爷爷教给她的,无论何时,不管周遭的条件多么艰苦,一定不能气馁,更不能丧失一个女孩子应有的优雅和骄傲。

宿舍虽烂,好歹也算一个容身之处,虽然被赶出家门,但总有一天,她会重新回到家中。

夏知微仰起自信的脸庞，本想华丽地转身去学校上学，却忽然发现挂在脖子上的御守不见了。

　　御守是爷爷在她四岁生日时送给她的生日礼物，无比珍贵，对她而言，这不仅是一个装饰性的挂件，更是护身符般的存在，从小到大，除了洗澡和游泳，她几乎很少摘下它。昨天离家的时候明明还在，怎么转眼间就没了呢？

第一章　街角遗落的那道星光

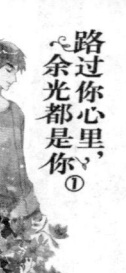

1

夏知微绞尽脑汁也没能想起御守到底掉在哪里了,毕竟昨天跌撞流离了那么久,她几乎沿着城市走了大半圈,掉在哪里似乎都有可能。

失落的情绪再次爬上心头,她从小就坚信,一个物件如果跟了主人很长时间,就会拥有属于自己的灵魂和某种能量,并用这种能量守护着它的主人。就像动漫里守护着夏目的猫咪老师,还有保护着大雄的哆啦A梦。对于夏知微而言,这个红色布料上缝着金色字体,旁边还有一个小小的胖乎乎的招财猫的御守,就是属于她的守护者。

四岁那年,因为不小心弄坏了同班小伙伴的玩具,夏知微被那个男生骂作是没有教养的可怜孤儿。"孤儿"这两个字对她而言是那么刺耳,几乎是下意识地,她伸手推了那个男生一下。没有任何防备的男孩撞到了桌角,开始号啕大哭,哭声引来了班主任,班主任不仅让她在墙角罚站,还请来了她的家长。

爷爷赶到学校,看到站在角落里的她,什么也没说,只轻轻地拍了拍她的肩膀,告诉她别怕,并带着自己向男孩及他的家人赔礼道歉。

但男孩的家人并没有就此罢休,他们听说爷爷是著名的企业家,手里经营着好多家鸡腿连锁店,便向爷爷索要巨额赔偿。

见爷爷没有吱声,男孩的妈妈开始破口大骂:"有钱人家的孩子就是嚣张!有钱人家的小孩儿就可以随便推人吗?我看啊,就是因为没有爹妈管教才会这样,你……"

"住口!"爷爷颤抖着用异常严厉的语气打断了她的话。

那是夏知微第一次看到爷爷如此生气严肃的样子,在场所有人

都被爷爷的气场给镇住了，空气也变得安静起来。

爷爷缓缓开口："医药费我们一分也不会少，推人是我们不对，但因为你这两句无礼的话，我收回刚才的道歉。"说完拉着夏知微就走了。

走出老师的办公室，夏知微本以为爷爷也会跟班主任一样严厉地教训自己，可爷爷并没有。

他说："知微，你记住，你永远都不是可怜的孤儿，你还有爷爷，爷爷会一直陪伴着你的。"

听到这里，一向倔强坚强的夏知微再也没忍住哭了起来，她明明应该受到惩罚的，没想到竟然得到了原谅，尽管自责自己惹爷爷发了这么大的脾气，但她内心更多的还是感动。

没过几天，在她的生日宴会上，爷爷将那枚小小的御守放到她的手心，并笑着对她说："这个御守代表着你爸爸妈妈对你所有的祝福和守护，知微你把它时刻带在身边，就什么都不用怕了。"

神奇的是，自从有了御守，不管以后遇到什么事情，她的心里都会有一个坚定的声音告诉她："你不是一个人，你不会孤单。"

正是因为这个声音，让她在爷爷生病住院以后，不管姑姑怎么刁难，她都能坚强面对。

但是现在，这个像守护精灵一样的御守竟然丢了。

夏知微像丢了魂似的走出宿舍，刚走到门口，就看见周围的同学一边拿着手机津津有味地看着什么，一边朝她投来异样的眼光。

直觉告诉她，一定又发生了什么不好的事情。

夏知微凑到一个正偷偷看自己的女生身边，问："看什么呢？"

女生下意识地想要护住手机，但屏幕上那几个硕大的字还是落入了夏知微的眼里。

千金公主沦为落难灰姑娘！校园王子竟是外卖小哥？

夏知微一下子愣住了，不用说，这个千金公主当然指的就是自己，至于校园王子，难道是昨天意外撞到的沐星澜？

果然御守丢了，就会发生不好的事情。

"咦，那不是夏知微吗？是被家里赶出来了吧，公主变成麻雀了，这种滋味很奇妙吧？"

"是啊是啊，昨天还说是来宿舍体验生活，我看啊，就是嘴硬！"

细碎的议论声让夏知微的耳根一阵发热，她挺了挺脊背，不想让自己看起来那么狼狈，然后顶着同学们炙热的目光，一步步朝教学楼走去。

走到无人的拐角处，她火速溜进厕所，拿出手机打开学校的贴吧，一眼就看到了刚才那篇帖子。没想到短短时间内，这篇帖子已经置顶，回帖数竟然高达上千人，浏览次数也已经上万了。

帖子里图文并茂地记录了夏知微离家的全过程，虽然略显夸张，却也都是事实，这让夏知微感到十分惊讶，究竟是谁对她的行踪了如指掌？更让她感到气愤和不满的是，同样一起上头条，凭什么关于自己的部分就是有图有真相，证据确凿，沐星澜那里却是模糊不清，引人遐想和猜测？

"校园贴吧"是学校为了调节学生的学习生活建立的，里面不仅有学霸们总结的各科学习小窍门，还有同学们的日常生活交流帖。在这里，大家可以畅所欲言，交流心得，讨论的内容不仅丰富多样，还十分欢乐有趣，就连老师也常常忍不住冒个泡，和学生们关于某个学科或生活上的话题探讨一番。这里课余时间总是会聚着很多人，可人一多，难免有少男少女在娱乐版块八卦一下。

"对了，你们看了今天的头条没？"

"肯定看了，那个夏知微，不知道以后还会不会像以前那样目中无人……"

"得了吧，以她现在的情况，耀武扬威不起来了吧！倒是帖子里的那个校园王子，你说他是谁？看起来是不是有一点儿像沐星澜？"

"沐星澜？怎么可能？是谁都不可能是他啊！"

"那倒也是，沐星澜怎么可能跟外卖小哥扯上关系呢？他跟夏知微可不一样，身上可是有货真价实的贵族气息！"

"是啊，他击剑的样子实在是太帅了！"

听到这两个人的议论，躲在厕所里一直沉默着的夏知微心中不禁有些愤慨。

她们这是什么眼神？照片上的人摆明了就是沐星澜啊，这还用怀疑吗？

"哐"！

因为太过激动和愤慨，夏知微手中的手机猝不及防地掉在了地上。

外面的女生闻声，立马停止了议论。

夏知微捡起手机，推开厕所门，在那两个女生惊讶的眼神中，淡定地走了出去。

2

短短一天的时间，夏知微被赶出家门的消息就成了学校里的热议话题，她不管走到哪里都会收到周围人八卦探究的眼神。尽管她很想装作不在意，对这一切视而不见，没想到连班主任都对这件事表现出了过于热情的关心，这就让她有点儿困扰了。

好不容易卸下所有的防备回到宿舍，准备洗个澡好好睡一觉，学校公认的大喇叭、八卦狗仔小天后苏小小不知什么时候出现在宿舍，一脸堆笑地看着她说："夏知微，我能做你的室友吗？这样我以后就能给你做跟踪报道了。"

"原来是你？"看到苏小小，夏知微终于明白为什么自己的事情会在学校里传得沸沸扬扬了，"所以，你之前一直在跟踪我？"

"我那不叫跟踪，我那是追击新闻素材！我这叫职业精神，你可不能乱说！夏知微，你知道关于你的帖子已经是我们学校贴吧史上阅读量最高的帖子了吗？我是这么打算的，我想给你做一个系列报道，把你平时的生活啊，还有家庭矛盾啊，全都一五一十地写成新闻，你觉得怎么样？好多同学都对我的这个系列报道表示特别感兴趣呢！"

看着苏小小把这么荒唐的一件事说得眉飞色舞的样子，夏知微感觉自己的思想受到了强烈的冲击。

"夏知微，你觉得我这个提议怎么样？好不好啊？"苏小小一脸恳求地看着夏知微。

夏知微回以她一个不可置信的表情，冷冷地说："不好，我拒绝和你成为舍友。"

听到这句话，苏小小狡黠一笑："嘿嘿，我早知道你会这么说，所以，我已经征求了宿管阿姨的同意，正式搬进你们宿舍啦！"说着，她指了指一旁的行李。

夏知微看着那些乱七八糟的行李，心里顿时升起一股绝望感。

"好吧，你搬进来，那我就搬出去。"夏知微说。

"这个我看可以。"一直在一旁吃着泡面看热闹的李笑鸽终于发话。

夏知微没好气地看了她一眼，朝宿管处走去，苏小小则一个箭步跟了上来，在她的身后喋喋不休。

"夏知微，你别去啊，宿管阿姨不一定会同意。你想啊，你昨天才搬进来，今天就要求换宿舍，宿管阿姨肯定觉得你事儿多，喜欢添乱，你过去了，非但解决不了问题，还有可能碰一鼻子灰，不如跟我成为舍友试试看？"

"得了吧，我宁愿睡大马路上，也不愿意跟你住一个宿舍！"

"为什么？我有那么恐怖吗？再说了，我想要跟你住在一起，完全是因为我崇高的职业精神好吗？"

听到这里，夏知微没忍住停下了脚步。

"苏小小，你能不能不要把偷窥别人隐私的行为美化成你的职业精神？"

苏小小乌黑的眼珠快速地转了一下，笑嘻嘻地回应道："职业不分高低贵贱，所以职业精神也没有高低贵贱。干我们这行的，最重要的就是迅速拿到第一手资料，并且把它报道出去。"

夏知微知道跟她讲不通，决定不再搭理她。此刻她唯一的希望就是那个一脸严肃的宿管阿姨了。

只见宿管阿姨正懒洋洋地坐在躺椅上，一边用喝汤的勺子大口大口地吃着一整个生日蛋糕，一边看着电视里正在播放的综艺节目。

第一次见到有人这样吃蛋糕,夏知微有点儿愣神。

"怎么又是你?有什么事吗?"宿管阿姨看着夏知微问。

夏知微回过神,把自己的意图说了出来:"是这样的,阿姨,我想跟您商量一下,申请换个宿舍,您看行不行?"

宿管阿姨听言,露出一副不耐烦的表情:"同学,我昨天已经跟你说过了,整栋大楼就只有你们303有空的床位,别的宿舍人早就满了!开学的时候你去哪儿了?那个时候你要是想换,还有可能,现在已经没有多余的空位了。"

听到这个答案,夏知微的心里有点儿懊恼。

一定是被苏小小气糊涂了,又或者御守不在自己身边,连智商也跟着降低了。

明明昨天就知道的事实,今天还要来问。

夏知微带着沮丧的情绪掉头离开。

一旁露出得意笑容的苏小小看着宿管阿姨甜甜一笑:"阿姨,这个蛋糕合不合您的口味啊?"

宿管阿姨见是苏小小,轻轻点了点头:"你这小姑娘,古灵精怪的,可别给我整出什么幺蛾子!这蛋糕啊,我就收这一回,以后这种半途申请宿舍的事情不可能再出现了。"

苏小小连连点头:"嗯嗯,一定一定。"

在准备申请宿舍的时候,她就已经调查清楚宿管阿姨的喜好,中午一下课就去有名的蛋糕连锁店买了上好的奶油芝士蛋糕,一番花言巧语哄得宿管阿姨十分开心,成功获得了与夏知微同宿舍的资格。

走出宿舍大楼,苏小小觉得自己的职业生涯已经成功了一半,接下来只要顺利地报道夏知微生活中的每一个细枝末节,她一定能够证明给那些人看，当初那样鄙视她，是他们没有眼光！

苏小小见夏知微走在前面，猛跑几步追上去，本想说服她不要那么排斥自己，可令她没有想到的是，眼前的夏知微没有了以往骄傲要强的样子，而是换上一张略有愁绪的脸。黝黑好看的眸子里充满了悲伤失落的神情，嘴唇紧闭，似乎想要克制住某种情绪。

"你……"苏小小有点儿诧异这样的夏知微，一时之间竟不知道该说什么。

见是苏小小，夏知微立马收起了自己流露出来的悲伤，换上平时那副无坚不摧的模样。

"苏小小，以后我们就是室友了，希望大家能够和平相处。"她平静地说出这句话，而后在苏小小惊诧的眼神中转身离开。

听到这个决定，苏小小本来应该高兴的，可她的脑海里都是夏知微刚才那副失落受伤的表情，她突然觉得自己似乎并没有想象中那么开心。

"苏小小，你在想什么啊？拿出你的职业精神来！"她驱散脑海中的画面，握了握拳头，俨然一副要干一番大事业的架势。

第二章 学会独立是成长的第一步

3

　　住宿的这几天里,夏知微除了白天要应付苏小小没完没了的跟拍,晚上还要忍受李笑鸽的呼噜声。她每天都要反复地提醒自己,千万不能疯掉,千万不能被打倒。

　　好在饱受李笑鸽呼噜声折磨的不止她一人,还有苏小小,这让她几欲崩溃的心终于得到了一丝安慰。

　　这天清早,顶着硕大黑眼圈的苏小小一边揉着眼睛一边打哈欠:"李笑鸽,我们商量一下吧,你打呼噜的毛病可不可以改一改?我昨天晚上赶稿子到十二点,被你的呼噜声吵到失眠。"

　　正啃着肉包子的李笑鸽抬起头来恶狠狠地看了苏小小一眼:"我打呼噜是我自己能控制的吗?就像你每天拿个相机在那儿拍拍拍,你能控制吗?"她站得离苏小小不远,说起话来唾沫横飞。

　　苏小小闭着眼睛,强忍着浓郁的肉包子味说:"拍照是我的职业需要,跟你打呼噜能放在一起比较吗?"

　　"那我打呼噜还是生理需要呢!"李笑鸽立马怼了回去。

　　苏小小被李笑鸽怼得哑口无言,脸憋得通红。

　　见两人针锋相对,夏知微打算趁机溜之大吉,刚走出宿舍大门,就听见苏小小在身后喊:"喂,夏知微,你等等我啊,你今天的日常我还没有拍呢!学校网站最近在搞宣传,你和……"

　　苏小小话还没有说完,就被李笑鸽一把拦住:"苏小小,你给我说清楚,我打呼噜怎么碍着你了?"

　　被李笑鸽打断了自己的拍摄计划,苏小小气不打一处来,满脸通红委屈憋闷地说:"你打呼噜怎么没有碍着我了?声音那么大,就只有你自己听不到,我连抱怨一下都不行吗?"

李笑鸽冷冷地看了苏小小一眼，慢吞吞地说道："好啊，那我以后不打呼噜了。"

苏小小露出一副难以置信的表情："真的？"

李笑鸽往自己的床上一坐，笃定地说："嗯，真的，我答应你以后不打呼噜，你也别拍了，你能做到我就能做到，我可不想成为最强背景板，每天被别人议论。"

听到这里，苏小小有点儿愧疚地吐了吐舌头，确实有几次因为要拍夏知微不小心让李笑鸽入了镜，一些同学看到了，便用比较难听的话讨论李笑鸽。

本以为李笑鸽不会看自己的帖子，没想到……

"那个，李笑鸽，对……"苏小小想要跟她道歉，但李笑鸽并没有理她，而是拿着自己黑色的运动包大步走出宿舍，只留下一屋子的肉包子味。

终于摆脱了苏小小，夏知微总算松了一口气，哪想刚走到教室，就被班主任叫住了。

"知微，学校的官方网站过几天就要正式上线了，为了宣传学校，提升我们学校的形象和知名度，学校决定让你代表全校的学生做网站首页的形象模特。"班主任说这个消息的时候，眼里闪烁着骄傲的光彩，毕竟夏知微能够成为网站形象模特，对班级来讲也是一件无比荣耀的事情。

对于学校的这个决定，夏知微感到突然的同时又有些无奈，好不容易躲掉苏小小的镜头，没想到还是逃脱不了拍照的命运。

正想着怎么推辞，班主任拍了拍她的肩膀，用殷切的语气说："知微，老师相信你一定可以做得很好的，摄影师正在操场上等着你们呢，你快点儿去吧。"

"……"

直到快要走到操场的时候,夏知微才反应过来班主任刚才说的是"你们"。

难道除了自己还有别人?

正纳闷的时候,就看到一个留着清爽短发,面容清秀白皙的女生冲自己打招呼。

"你就是夏知微吧?我是这次给你们学校网站拍宣传照的摄影师李木子。"李木子说话的时候,明亮的眸子瞬间变得弯弯的,长长的睫毛像是精灵的羽毛,脸颊旁边的一对梨窝让人觉得温暖而可爱。

夏知微也回以一个友好的微笑:"你好,我是夏知微。"

"好嘞,那我们正式开始吧!沐星澜,走,我们去第一个拍摄场地。"李木子招呼不远处的一个男生道。

沐星澜?

夏知微感觉头皮一紧,然后就看到了那个熟悉的身影。

像是被某种模糊的光影环绕着一般,那个高挺笔直的身影散发着一股难以接近的气息。他抬起头,与夏知微的视线交汇,黝黑幽深的眼眸闪过一丝冷漠,只是一瞬,他便别过视线,径直跟着李木子走到前面。

夏知微盯着他的背影冷哼一声。

有什么了不起……

一想到上次被他弄脏的衣服还有行李箱,她就感到异常气恼,可随即想起贴吧里有关两人撞到被置顶的帖子,他也成为议论的焦点,心情又变得复杂起来。

如果不是因为自己，他也不用蹚这浑水吧？

"知微，你站在这里，沐星澜，你站在知微的旁边就可以。"李木子带着两人来到操场旁边一条两旁植满树木的小路上，让两人站在路中央。

阳光从树叶的缝隙中洒下，盈盈闪闪的，像是被打碎的金箔落在碎石小路上。夏知微穿着白色的衬衫和蓝色的牛仔裙，搭配着黑色的小皮鞋，露出一截白皙的小腿，整个人看起来既青春又亮眼。而站在她身旁的沐星澜，修长的身形将普通的白色衬衫穿得修身而清爽，蓝色的牛仔裤搭着黑白相间的贝壳鞋，明明是最简单的装扮，穿在他身上却让人移不开眼。

这两个人，随便往哪里一放，都是一道亮丽的风景线啊……

李木子一边感叹，一边按下拍摄键。

"来，我们再拍一张，你们可以笑得更灿烂一些，沐星澜你稍微站前面一点儿，这样的话身高差不会太明显哦！"

沐星澜听到这句话，往前跨了一大步。夏知微被这个举动弄得有点儿尴尬："我一米六五的身高在女生里也不算矮，有必要这么夸张吗？"

沐星澜回头看了夏知微一眼，见她一脸不乐意的样子，也没心思做出任何解释，仍坚持站在自己的位置上，只是脸上的表情有些不耐烦。

对于夏知微，他接触得不多，却也听过她不少事情，什么"千金大小姐""嚣张跋扈、不可一世"，似乎都是她的代名词，两个人还因为都是学校里的风云人物，被同学们扯在一起过。可对于这样的女生，他从来都是敬而远之，没想到上次竟然会那么巧地撞到她。现在想想，整个事件不仅无比巧合，还有八卦小记者跟拍，并在学校造成了那么大的影响,很有可能是这个大小姐自导自演的一出戏,以此来增加自己的曝光和讨论度,至于自己,则成了这出戏的牺牲品。

一想到这里,沐星澜就觉得心里像是堵了一块石头,闷闷的……

"笑容要灿烂一点儿哦,你们俩的表情还是有些勉强呢。"李木子从镜头后面探出头,冲他们说道。

沐星澜点了点头,努力扬起嘴角。

"好了,拍得很好,你们先休息一下,我去换个镜头,待会儿我们换个场景继续。"李木子说完就蹲下身,在一旁的黑色背包里翻弄起来。

离开镜头的两个人显得更加不自在,僵在原地,谁也不打算理谁。

这时,从旁边走过来几个女生,在看到沐星澜后先是有点儿激动,然后一个个红着脸对他说:"沐星澜,我们会永远支持你的,贴吧上的那些谣言我们都不会相信的!"

"是啊,根本不可能是你,只是背影长得有点儿像而已啦!"

"谣言止于智者,反正我会一直支持你的。"

听到这些话,沐星澜的表情有些尴尬,过了很久才回了两个字:"谢谢。"

见沐星澜明显不想承认那个穿着外卖服的小哥就是自己,夏知微忍不住露出鄙夷的表情。

"为什么不肯承认?"等到女生们都走了,夏知微问。

沐星澜看了夏知微一眼,冷冷地说:"跟你有关系吗?"

夏知微一时语塞,确实跟她没有关系。她瞪着他那张好看的脸,顿时停止了想要和他继续沟通的欲望,同时挪了挪脚,直到与他隔了好长一段距离才停下脚步。

两个人之间的气氛瞬间降到冰点,换完镜头回来的李木子见两人站得远远的，气氛有些诡异，便试探着问："知微，沐星澜，要不我们再去图书馆前面的灌木丛拍一组吧？"

沐星澜闻言，二话不说迈开脚步率先走在前面，至于夏知微，则拎着书包一脸不乐意地跟在身后。

这让跟在两人后面的李木子更加不解了。

等来到图书馆，站在灌木丛前，夏知微对于李木子安排的所有动作和造型都摆得不情不愿，可顶着压力也只能冷着脸一一完成。

来来往往的同学都对两个人投去了八卦的目光，这些目光像是粘在身上的小虫子一样，让夏知微浑身都不自在。

她只能在心里祈祷着拍摄赶紧结束，这样，她就不用再和沐星澜待在一起了。

不承想李木子刚拍完一组照片，又说："你们两个人牵着手让我拍一张吧。"

没等夏知微开口，沐星澜率先说："牵手就没必要了吧？"

沐星澜的话让夏知微的胸口闷闷的，像是被人揍了一拳，这人未免也太自大了吧，说得自己好像很乐意和他牵手一样。

见两个人都冷着脸，一脸别扭的表情，躲在镜头后面的李木子忍不住笑了起来："你们是怕其他同学看到你们牵手说闲话吗？也难怪，你们两个在学校里的人气那么高，是公认的男神女神，听说之前学校的贴吧上，你们俩还闹过绯闻呢！"

"没有的事！"夏知微矢口否认，"我跟他怎么可能会闹绯闻？牵手就牵手，有什么大不了的！"

说完，她朝沐星澜靠近，可刚迈出几步，就觉得衣领处传来一股力量。夏知微想都没想就往反方向一扯，可就是这样一扯，她整个身体瞬间失衡，歪歪斜斜地朝一旁倒去。

本以为会狠狠地撞到地面上,没想到却跌入了一个温暖的怀抱。鼻翼间萦绕着一股淡淡的清香,有点儿像太阳的味道。触碰着这样的温暖,夏知微整个人都蒙了。

镜头后的李木子被这个毫无征兆的意外弄得有点儿傻眼,反应过来后狂按快门。路过的同学见状,也都纷纷停下脚步,连忙从口袋里掏出手机,对着两人就是一通抓拍。

此时的夏知微显得有点儿狼狈,她歪歪斜斜地靠在沐星澜的胸口,有些窘迫,被树枝挂乱的白色衬衫向后飞起一角,脸上的表情更多的是迷茫。

看着怀中的人,沐星澜的表情有些纠结,他拧着眉,思索着是把她推开,还是自己先逃开。

这样的景象让李木子忍不住"扑哧"一声笑了出来。

虽然有些意外,但这样的画面怎么看怎么美好……

4

毫无意外地,夏知微跌倒在沐星澜怀中的照片迅速火爆整个校园,两个人的关系也在同学们的口中传了很多个版本。

对于那些毫无依据的胡编乱造,夏知微只能在心里默默苦笑。

这段时间她已经够倒霉了,本以为去医院看望爷爷能够给她一丝安慰,可她怎么也没有想到会在医院看到许眉。

彼时,姑姑正坐在爷爷的床边,许眉则坐在一旁的沙发上。

两个人之前在家里看起来似乎并没有什么交集,可在病房里却一副很熟络的样子,许眉竟然还削了一个苹果递给姑姑。

这两个人夏知微都不想见到,但为了爷爷,她还是强忍住内心的抵触感。

正准备推门而入,姑姑和许眉的话让她停住了脚步。

"知微那边你打算怎么办?不会对咱们的计划造成影响吧?"

"放心吧,她一个小丫头对我们构成不了威胁,况且老爷子现在病成这样,她最大的依靠没有了,根本不用把她放在心上。"

"不管怎么样,还是要尽早让她跟夏家彻底断绝关系,免得夜长梦多。"

"嗯,这件事我们需要好好商量一下。"

"我听说公司的许多项目都是以她的名义展开的,她名下还持有公司不少产业,老爷子好像还专门给她弄了个信托基金,等她到了十八岁,公司的大部分股票就会归到她的名下,到时候可是后患无穷……"

"哼!我爸这个人从来就是这么偏心,对待夏知微就是不一样,什么都偏向她,我们家佳茉哪里比她差了?"

"你就不要愤愤不平了,现在我们俩要站在同一战线,好好想想,要怎样才能把属于我们的一切从她那里拿回来!"

"这个你自然不用操心,我一点儿都不会手软的!"

听到姑姑和许眉的对话,夏知微不由得打了个冷战,本想冲进去跟她们理论,可这些天的经历告诉她,这个时候千万不能冲动。如果这两个人想要将自己从家里彻底赶出来,不是没有可能的。

现在的她只能忍耐,等爷爷醒来。

透过玻璃窗,她远远地看了看病床上的爷爷,轻轻地朝他挥了挥手,然后在被姑姑和许眉发现之前迅速地溜出医院。

返往学校的途中,夏知微一直在脑海里回想着刚才在医院里的所见所闻,她怎么也想不明白,许眉是个外人,想要趁机谋取私利也就罢了,可姑姑,这个跟自己有着血缘关系的人,为什么会选择站在外人这一边?

爷爷确实从小到大偏爱自己多过佳茉,可他也疼爱佳茉啊,不能因为这样的理由就把自己从家里赶出来吧?

夏知微觉得自己的脑子已经乱成了一团麻,看着马路上来来往往疾驰的车辆,她感到又无助又疲惫。此时的她就像一只断了线的风筝,在天空中随处飘荡也不会有人拽着那根线将她拉回来。

眼泪已经没有任何用处,夏知微垂着头,心情烦闷地背着书包朝学校宿舍的方向走去。

天空越来越昏暗,随着日落时而变幻着颜色的云彩装点着城市的天空,让原本平凡枯燥的场景变得绚丽起来。路灯一盏盏亮起,橘黄色的灯光洒了满地,夏知微揉着眼睛,看着这些小小的黄色光点,忽然想起几年前在里斯本度过的那个暑假。

那天,因为贪恋庞巴尔下城区的一家手工布偶店里的玩偶,她同爷爷还有导游走散了，手机也在向路人打听路线的时候被突如其来的飞车党抢走了，简直是雪上加霜。

陌生的城市，周围全都是陌生人的脸，她茫然地徘徊在街口不知所措，等了好长时间，才在小路的尽头看到爷爷焦急的身影。

听了她的遭遇，爷爷安慰她说："如果有一天你孤立无援，失去了所有能够请求帮助的途径，也不需要担心，因为上天是公平的，当一个人倒霉到极点，好运自然就会来了，这就是所谓的否极泰来。"

可是，如果世界上真的有奇迹这种事情，真的会发生在自己身上吗？

不知不觉已经回到了宿舍，夏知微快速冲了个澡，驱除满身的疲惫，在拿着吹风机准备吹头发时，眼前突然一黑，时间仿佛就在这一刻停止了。

随即传来苏小小的号叫："我的稿子啊！电呢？怎么会停电啊？"

5

看来,这个世界上根本就不会有什么奇迹,就算有,也不会用停电这种方式宣布它的到来。

夏知微甩了甩湿答答的头发,冷意让她禁不住打了一个喷嚏。

"夏知微,是不是因为你的吹风机功率太大才导致宿舍停电的?"苏小小冲过来责问。

夏知微一脸无奈地晃了晃手中的吹风机:"拜托,你看清楚,我这吹风机的插头还没插上去呢!"

苏小小见状摸了摸脑袋:"那怎么会突然断电呢?别的宿舍都有电呢!"说完,她指了指对面的几栋楼,"你看,别的楼都有电,隔壁宿舍也亮着灯呢。"

就在两个人对断电的原因进行猜测时,一股淡淡的饭香飘进了鼻尖。

"你有没有闻到什么味道?"苏小小问。

夏知微点了点头:"嗯。"

"我怎么感觉我闻到了饭香?好熟悉啊,像家里的味道。"苏小小一边吸着鼻子,一边寻找香味的来源。没过几分钟,两个人就在宿舍的角落里发现了一个正冒着热气的电饭煲。

"不是吧,宿舍什么时候能煮饭了?"苏小小看着眼前的电饭煲有点儿傻眼。

夏知微摸着自己还在滴水的头发,对此并不感到意外。

用脚指头想都知道这个电饭煲是李笑鸽的……

睡觉打呼噜,嗓门大,脾气冲,现在还在宿舍用大功率电饭煲做饭,李笑鸽的脑子里到底装了些什么东西?

夏知微忍不住露出嫌弃的表情，若是以往，她绝对不会跟这样的女生有半点儿联系，可现在，她们居然就住在同一个屋檐下。

"夏知微，你该不会落魄到要在宿舍里煮饭了吧？"苏小小问。

"你觉得可能是我吗？"夏知微白了苏小小一眼。

"不太可能，不是你的，也不是我的，那会是谁的呢？"苏小小竟然认真地思考起这个问题，当看到夏知微用看白痴的眼神看着她时，这才恍然大悟地拍拍头，"对哦，李笑鸽！我怎么把她给忘了……"

"什么把我给忘了啊？"苏小小话音刚落，李笑鸽就拿着背包走了进来。

"咦，我们宿舍怎么这么黑？你们不会开灯吗？"李笑鸽把包丢在床上，按了一下墙上的开关。

"停电了。"苏小小说。

"停电？为什么会停电？别的宿舍都没有停电啊！"李笑鸽不解道。

苏小小指了指角落里的电饭煲："还不是拜你的电饭煲所赐，你不会不知道宿舍不能私自用电饭煲吧？"

一看到电饭煲，李笑鸽立马警觉起来，立马反击道："谁说的，谁说是因为我的电饭煲才停电的？你们俩没来宿舍之前从来没有停过电，你们一来就停，肯定是你们的问题！"

"哎，你……"苏小小气不打一处来，"你这人也太不讲理了吧，明明就是你的电饭煲导致宿舍跳闸断电的！"

"凭什么说是我的电饭煲？你的电脑难道不耗电吗？还有……"李笑鸽看向一旁的夏知微，"你的吹风机难道不耗电吗？"

夏知微懒得跟她争论，拿起床头的干发帽，将头发围住。

"看，被我说中了吧！就是你的吹风机导致宿舍断电的。"李笑鸽见夏知微没有说话，得寸进尺道。

夏知微依旧没有说话，而是把吹风机放在桌子上。

"不敢说话了吧！赶紧把你的吹风机丢掉，不然的话，就不要跟我住一个宿舍。"李笑鸽坐在床上，语气越发咄咄逼人。

一旁的苏小小有点儿着急："夏知微，你倒是说点儿什么啊，总不能就这样不明不白地被冤枉吧？"

夏知微不紧不慢地从衣柜里抓起一件薄薄的外套，平静地说："有什么好说的，我去找宿管阿姨，让她来看看到底是吹风机还是电饭煲让宿舍断电的。"说完就往宿舍门口走。

"对哦，那我也一起，等等我！"苏小小反应过来，一双眼睛笑成了月牙。

见状，李笑鸽立马从床上弹了起来，一个箭步堵在门口："都不准去！"

"为什么？你不是说不是你的电饭煲的问题吗？那你害怕什么？"夏知微佯装不解地看着李笑鸽问。

李笑鸽显得有点儿慌张，辩解道："我没有害怕，我的电饭煲肯定没问题，我只是不想宿管阿姨来我们宿舍。"

"这又是为什么？我们宿舍难不成有什么见不得人的东西？"苏小小说完，身子一闪，想要从李笑鸽的胳膊底下溜出去，没想到被她一把揪了回来。

哼，体育生的力气就是大。苏小小看着这个大块头女生，愤愤地哼了一声。

"反正我说不准去就不准去。"李笑鸽态度强硬。

夏知微原本只是想做做样子吓唬吓唬李笑鸽，但看她态度这般恶劣，顿时来了气，便和苏小小一起想要掰开李笑鸽挡住门的手。

三个人很快扭作一团，苏小小全力攻击李笑鸽的左手，可使尽了全身的力气，也没能挪动李笑鸽半分，一旁的夏知微也是一样。

"李笑鸽，你究竟是吃什么东西长大的，怎么力气这么大？"苏小小气喘吁吁地说。

夏知微憋得满脸通红，生气地朝李笑鸽的腰上轻轻一掐。

只听"哎哟"一声，李笑鸽像个虾米一样弓起了身体。

夏知微想要趁机逃跑，没想到李笑鸽顺势倒在地上紧紧地抱住了她的脚。

"喂，你放开！"夏知微惊呼道。

苏小小见状，连忙蹲下身想要掰开李笑鸽的手，三个人又回到了最初对峙的状态。

就在这时，宿舍里传来一阵窸窸窣窣的声响。三个人立马停止了手中的动作，循着声音四处张望。

"啊！老鼠！"苏小小突然惊慌失措地大喊。

一听说有老鼠，夏知微忍不住浑身一颤。

响动还在继续，听声音的方向似乎是从那个没有人睡的床位下传来的。

"一定是因为你在宿舍里做饭才招来了老鼠！"一向害怕老鼠这种小动物的苏小小声音里隐隐透着哭腔。

"关我什么事？"李笑鸽没好气地说。

响动声越来越大，三个人的心因为这诡异的响动快要提到嗓子眼了，视线纷纷移到了那个无人的床位。只见床位下躺着一块微微鼓起的窗帘，帘下似乎有什么东西正在慢慢移动，眼看着里面的东西就要钻出来，三个人的汗毛不禁立了起来……

第三章 夜晚默默靠近的 **真心哪**

1

夏知微看着眼前毛茸茸的，一双圆圆的眼睛闪烁着无辜光彩的小家伙，有点儿不敢相信自己的眼睛。那小家伙从窗帘里出来以后，小心翼翼地看着三个人，爪子在地上摩擦了几下，发出一声小小的呜咽后，就将视线挪到李笑鸽的身上，然后走到她的脚边，用头在她的裤脚上温驯地蹭了蹭，顺势蹲了下来。

"汪……"小家伙奶声奶气地叫了一声。

看小狗的模样，应该是只有几个月大的小比熊，它身上的毛有点儿湿，眼睛旁边的泪痕有点儿重，瘦弱的身子，还有打结的毛，看起来像街边的流浪狗。

"李笑鸽，你竟然在宿舍里养狗！"看到眼前这一幕，苏小小忍不住惊呼出声，下一刻就被李笑鸽捂住了嘴巴。

被捂住嘴巴，苏小小的脸憋得通红，她伸出手使劲儿地拍打李笑鸽，但李笑鸽似乎没有放开她的意思。

"别闹了！"夏知微冷冷地看着两个人，"你们要把其他宿舍的人都吸引过来看热闹吗？"

"那又怎样？"得以挣脱的苏小小躲到角落，用手擦了擦嘴，懊恼地看了李笑鸽一眼，"我才不怕被看热闹呢，就算宿管阿姨来了我也不怕，反正在宿舍里养小狗和煮饭的人不是我。"

这句话彻底惹怒了李笑鸽，她冲到苏小小面前，恶狠狠地瞪着她。她比苏小小足足高出一头，体重又超出一倍，此刻眉头紧紧拧着，表情严肃，双手握着拳头，给人极强的压迫感。

苏小小吓得连连后退，耳边回响的都是关于李笑鸽那些令人害怕的传说，什么徒手制伏歹徒，将高年级学长丢出插队队伍之类的……

她的语气陡然颤抖:"你……你……你想干吗?"说完还双手交叉在胸前,做出一副誓死抵抗的样子。

哪承想李笑鸽没有任何动作,只是愤慨地指责她说:"你这个人有没有同情心啊?你不知道今天降温吗?外面还在下雨,你声音这么大,是想让大家知道,把小狗赶出去吗?"说完,她蹲下身,摸了摸因害怕躲在自己身后的小比熊,试图安抚它的情绪。

苏小小本想反驳,却在看到李笑鸽怀中瑟瑟发抖的小狗时犹豫了:"那你知不知道宿舍里是不能养宠物的?"

"知道啊,就是知道,才偷偷养的……"李笑鸽摸了摸小狗的头,本来发抖的小狗瞬间乖巧了不少,头轻轻地靠在她的手上。

"你不会一直养着它吧?"一旁的夏知微缓缓开口。

被这么一问,李笑鸽警惕地将小狗护在自己胸前:"你这话是什么意思?"

"它的毛不仅打结了,还湿湿的,眼睛的泪痕这么明显,一看就是流浪狗。"夏知微逐条分析,说得有理有据,不容反驳。

一旁的苏小小赞同地狂点头:"嗯,我觉得说得很有道理。"

李笑鸽将小狗死死地护在自己的怀里,一副生怕被别人抢走的样子:"就算是流浪狗又怎样?既然被我捡到,我就会好好照顾它,今天这样的天气,我说什么也不会把它放出去,你们要想告诉宿管阿姨就尽管去吧,我也没办法。"

说完,她往旁边挪了挪,给两人让路。可出乎她意料的是,两个人谁都没有动。

苏小小将拳头放在嘴边轻咳两声:"喂,李笑鸽,你未免也太紧张了吧,我们又没说要去宿管阿姨那里告状。当然,我们这么做可不是因为想要讨好你，而是心疼这只小狗。"说完，碰了碰夏知微的手臂，"你说是吧，夏知微？"

夏知微没有理会苏小小，而是看了小狗一眼，向前迈开步子："我跟你可不一样。"

苏小小以为夏知微要去告密，一把拉住她："夏知微，你不会连这点儿同情心都没有吧？"

夏知微没有说话，一旁的李笑鸽冷哼一声："像她这种千金大小姐怎么可能会同情一只流浪狗呢？不要拦着她，让她去吧。"

苏小小回头瞪了李笑鸽一眼："你能不能少说两句，在宿舍里做饭还私自养狗，真不怕被学校记个大过啊？"

"我宁愿被记大过，也不想求她！"

苏小小有点儿急："都是一个宿舍的，不至于吧……"

夏知微没有说话，而是甩开苏小小的手，从床边拿起自己的吹风机径直走出了宿舍。

望着夏知微的背影，苏小小打了个冷战："还真是冷漠……"

"你说呢，你不是最了解她吗？像她这样的人怎么可能会有同情心？"李笑鸽语带讥讽地说。

苏小小瘪瘪嘴："你别说我了，她待会儿把宿管阿姨叫来了，倒霉的是你，可不是我。"

一句话让李笑鸽沉默了，从来都天不怕地不怕的她，眼神里流露出一丝小小的恐惧和不安。

如果真像苏小小说的那样，夏知微去宿管那里揭发她，她该怎么办呢？

2

担惊受怕的时间总是那么漫长,寂静的黑暗里,每一秒都是煎熬。

李笑鸽在脑海里构想了无数个跟宿管阿姨据理力争的情景,虽然不知道到底要怎么做才能获得宿管阿姨的原谅,但有一点可以肯定,今天晚上,她绝对不会让这只受伤的小狗独自流浪在外。

"待会儿宿管阿姨来了,你别说小狗是你养的,就说是趁我们不注意从外面偷偷溜进来的。"苏小小忍不住出谋划策道,随即话锋一转,"看不出来,你竟然是这么有爱心的人。"

黑暗中,李笑鸽沉默着,没有回苏小小的话,只是不安地抚摸着小狗。

她知道,这个学校有很多人害怕自己,这种害怕并不是真正意义上的恐惧,而是带有一丝鄙夷和嫌弃的害怕。因为她的身形和样貌,因为她丢铁饼全市第一的专长,他们既害怕她会伤害自己,又八卦地把她当作电影中"如花"一般的人物来议论,所以她从来不解释,也不主动靠近别人。

就像那起被大家津津乐道的"丢人事件",其实并不仅仅因为那个学长插了队,也因为他对站在自己前面的李思然出言不逊。李思然曾经跟李笑鸽同一个宿舍,也是她在学校为数不多的说得上话的朋友,所以在看到李思然被欺负时,她想也没想就提着学长的衣领将他扔了出去,让他离她们远一点儿。

不过,这只是整个事件的一小部分,大家所不知道的是,那次事件之后,在众目睽睽之下被人羞辱的学长后来偷偷叫了几个人,在她回宿舍的路上堵住了她,他们不仅用难听的语言攻击她,还用篮球撞击她的身体,幸好巡逻的保安大叔发现,这才止住了这场闹剧。

带着浑身伤痛回到宿舍的李笑鸽本想好好洗个热水澡休息一下，却在推门的时候听到李思然的声音。

"你们说得对，那个李笑鸽真得离她远一点儿，那天在食堂吓死我了，你们不觉得她有暴力倾向吗？"

暴力倾向。

短短的四个字像是千根细细的针齐刷刷地扎进李笑鸽的心里。

她觉得自己好笑极了，竟然为了一个自己觉得是朋友的人出头，可没想到，在那个人心里，她不过是一个笑话。

从那以后，李笑鸽再也不愿意跟任何一个人做朋友，她完全封闭了自己的内心，因为只有这样，才能避免受伤。

无论在宿舍还是教室，她都是我行我素，正因如此，之前跟她住同一个宿舍的人都相继搬了出去，最后只剩下她一个人，倒也落得轻松。

往日的回忆让李笑鸽的眼眶忍不住红了，就在这时，本来漆黑的宿舍突然迎来了光亮。

"太棒了，我的电脑有救了！我得赶紧看看文档，有没有把我的稿子保存好了！"苏小小立马打开电脑，可就在开机的时候，她转头看向李笑鸽，"不对啊！怎么会来电啊？"

李笑鸽摇头："你问我，我怎么知道？"

"我们宿舍停电是因为你的电饭煲导致跳闸，可总闸的钥匙只有宿管阿姨才有啊！难不成……"苏小小开启了福尔摩斯探案模式。

"难不成什么？"李笑鸽问。

"难不成刚刚夏知微不是去告密，而是去求宿管阿姨了？"苏小小分析道。

李笑鸽撇了撇嘴，轻声嘟囔一句："不可能！她会那么好心吗？"

"对了！"苏小小像是发现新大陆一般将自己的发现说了出来，"一定是这样的，刚刚夏知微出去可是拿着她的吹风机去的，一定是她去宿管阿姨那里坦白了，所以才会来电。"

苏小小的推测让李笑鸽陷入了沉默。

她不想去相信是自己误会了夏知微，更不愿意相信夏知微会跟自己想象中的有偏差。

"看来，我们刚刚都误会她了。可她为什么要这样做呢？我一直以为像她这样高高在上的人是一点儿都不会为我们着想呢……"苏小小坐在椅子上，双腿弯曲，将头放在膝盖上，一副想不明白的样子，"算了，待会儿就看她有没有拿吹风机回来就知道了，我记得要是跳闸的话，电器是要上缴的。"

两个人都陷入了沉默，就在这时，夏知微从外面推开宿舍的门，苏小小和李笑鸽不约而同地把目光移到了夏知微的手上，果然，本来拿出门的吹风机没了踪影。

"夏知微，你是去宿管阿姨那里了吗？"苏小小小声地问。

夏知微没有吭声，而是从怀里拿出一包狗粮递给李笑鸽："给小家伙吃点儿东西吧。"

"哈哈！我就知道，你不是去告密的！"苏小小一副了然于胸的开心模样。

李笑鸽感到有些意外，望着夏知微手中的狗粮，不知道该不该接。

倒是夏知微开了口："如果你想让它饿着的话我是不怎么在意，不过光吃米饭的话好像不利于狗的发育吧？"

这语气很令人不爽，李笑鸽瞪了一眼夏知微，犹豫了好久才接过狗粮，然后别过头，别扭地吐出两个字："谢谢……"

虽然声音很小，但还是传到了夏知微和苏小小的耳中，两个人

第三章 夜晚默默靠近的真心哪

都是一怔,住在一起这么久,她们还是第一次听到李笑鸽说谢谢。

"不用谢。"夏知微淡淡地回了一句就回到了自己的床上。

苏小小凑过头来:"夏知微,你是怎么搞定宿管阿姨的?只是上缴吹风机就可以了吗?"

夏知微点了点头:"嗯。"

"哇,你可真厉害!你知不知道上次我申请换宿舍,又是给阿姨送好吃的,又是说好话,这才征得她的同意,没想到你这么容易就……"

苏小小叽叽喳喳的声音在夏知微的耳边变得模糊起来,刚才跟宿管阿姨谈判的那一幕缓慢地浮现在她的脑海中。

"竟然私自在宿舍使用大功率吹风机!还导致跳闸断电!你知不知道宿舍有明文规定只能使用小功率电器?你这吹风机是必须要上缴的,而且根据规定还要再罚五百块钱,只有交齐罚款,才能给你们供电。至于这个吹风机,等你搬离宿舍的那天我再还给你。"

若是放在以前,五百块钱对夏知微来说不过是一条打折的裙子或一顿晚餐的价钱,但对现在的她而言,是全部生活费的一半。

捂着口袋里的钱包,夏知微皱了皱眉,心里十分纠结,可一想到黑漆漆的宿舍,还有那只瑟瑟发抖的小狗,她又有点儿心不忍。

犹豫了好久,她还是从钱包里抽出五百块钱递了过去。

宿管阿姨接过钱,打量了夏知微几眼,叮嘱道:"下次千万不要再使用什么大功率电器了,很不安全。"说完,拿着钥匙走到总电表处打开匣子按下了开关。

从宿管阿姨那里出来以后,夏知微又去学校外面买了一袋狗粮,这才返回宿舍。狗粮加上赔偿的钱,她所剩的生活费已经寥寥无几。

如果不能尽快找到挣钱的办法,恐怕以后连吃饭都要成问题了……

想到这里，躺在床上辗转难眠的夏知微忍不住叹了一口气。

"吃吗？"就在这时，她的眼前出现了一个热乎乎的饭团。

白色的米饭配上绿色的海苔，再加上金黄色的肉松，看起来十分可口。

夏知微扭过头，就看见李笑鸽眼神有点儿躲闪地看着自己，不由得怔住了。

"不想吃就算了，反正是米饭捏的饭团，也不是什么好东西。"

见夏知微没有反应，李笑鸽以为她是嫌弃自己，便有点儿受伤地想要缩回手。

"我吃。"夏知微猛地坐起身，一把抓过饭团咬了一口，竟意外有些美味，"嗯，比我之前吃的寿司好吃多了。"

没想到会得到夏知微的夸赞，李笑鸽感到意外的同时，笑得也有点儿腼腆。

"李笑鸽，饭团虽然好吃，但以后不能用电饭煲了，再出现停电现象，我们就只能把你的电饭煲给交出去了。"苏小小忽然化身管理员，一脸严肃地说。

李笑鸽没有吭声，坐在自己的床上看着正吃着狗粮的小狗发呆。

"对了，这只流浪狗你打算怎么处理？"夏知微问。

"是啊，学校明文规定宿舍里不能养宠物，要是被发现了，我们可没好果子吃。"苏小小补充道。

"这个你们就不用担心了，明天我就把它送到宠物收容所，我相信一定会有好心人收养它的，如果到放假之前还没有人收留它，我就把它带回家。"李笑鸽说完了两人一眼。

没想到李笑鸽考虑得如此周到，看来她们之前都错看了李笑鸽，

第三章 夜晚默默靠近的真心哪

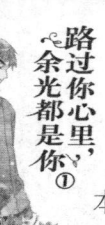

本以为她是那种蛮不讲理、霸道蛮横的人，没想到这么有爱心。

"到目前为止，你一共救了多少小动物？"苏小小突然好奇地问。

"十几只吧，它们现在都找到了新的主人，只有一只瘸腿的小猫没有人愿意收养，所以我把它带回我奶奶家了……"

听到这里，苏小小一阵感动，握了握拳："你以后要是再遇到这种情况可以找我，如果有没人领养的小动物，我可以帮你在学校贴吧发帖宣传！"

"还是不要了吧……"想了想，李笑鸽拒绝道。

"为什么？"苏小小不解地问。

"应该没有人相信我会做这样的事情吧？说不定到时候大家只会嘲笑我……"

李笑鸽的声音很轻，跟平时那个嚣张跋扈的她判若两人。宿舍一时陷入了沉默，只有那只流浪狗"哼哧哼哧"吃东西的声音。空气里弥漫着米饭的香味，窗外的雨"滴答滴答"地落着，明亮的白炽灯像是蒙上了一层薄纱。

听了李笑鸽的担忧，夏知微忽然想起小时候看过的一个故事。故事的主角是一个巨人，巨人拥有一座很美丽的花园，很多小孩儿都想要爬进花园里玩耍，可每一次都被巨人凶悍的模样吓跑了。只有一个小孩儿有勇气跟他做朋友，愿意在他的花园里陪他玩耍。

巨人说，他从来没有想过自己有一天会有朋友，会感受到温暖。

巨人并不可怕，他之所以表现出凶悍的模样，是因为他很孤单，也很脆弱。

而李笑鸽就像这个巨人，高大威猛的外表之下，其实有着一颗孤单脆弱的心。

想到这里，夏知微缓缓开口："别人不信，我信。"

与此同时，角落里也传来一个笃定的声音："我也是！"

　　短短两句话让李笑鸽瞬间红了眼，她没有做出回应，只是躺在床上假装自己睡着了，什么也没有听见。

　　只是她知道，在这样一个不寻常的晚上，她内心的某个地方已经悄悄发生了改变，变得有些柔软……

3

夏知微最近有些发愁,自从交了罚款,她口袋里的钱便所剩无几了。

知道再这样下去真的有可能会流落街头,夏知微决定利用业余时间找个兼职,缓解一下经济压力。

打定主意,一向执行能力强的她立马在网上搜集起了资料。本以为找兼职是一件再简单不过的事情,可当她穿着连衣裙提着小皮包去咖啡店、书店以及甜品店应聘时,还没开始做自我介绍,就被人拒绝了。

就这样一连过了好几天,眼看着生活费就要从三位数变成两位数了,夏知微很是惆怅。

好不容易迎来周末,她一口气面试了三个地方,无一例外都被拒绝了。

摸着饥肠辘辘的肚子,夏知微站在路旁有点儿迷茫。

身上的钱加起来不到五十块了,五十块刚好够吃一顿麦当劳,可吃完以后就没有钱打车回学校了……

一边走一边思考到底是选择打车还是选择麦当劳的夏知微,在经过拐角处的时候突然闻到一阵香味,这让她的肚子叫嚣得更加厉害了。

循着香味找了过去,夏知微发现香味的来源地是一间很旧很小的小吃店,这家店最多能坐五个人,相较于门面的老旧,店内却意外地干净整洁。玻璃橱窗后,一个穿着白色工作服,头戴白色厨师帽的大叔正在油锅里炸着什么。

诱人的香味从橱窗里飘了出来,馋得夏知微差点儿流口水,可她还是强行忍住了。

从小到大，爷爷明令禁止她在外吃小吃店和小吃摊上的东西。原因有很多，其一，爷爷当年虽然靠小店发家，却深知小店卫生条件有限，怕她吃坏肚子；其二，作为全城闻名鸡腿大亨的孙女，怎么可以吃街边摊这些不入流的东西呢？

正在脑海中进行着激烈思想斗争的时候，耳边忽然传来一个声音："小姑娘，想吃点儿什么啊？"

原来是橱窗后的那位厨师大叔，见她一直戳在门前没有进来，不由有些好奇。

夏知微看着大叔，尴尬又不失礼貌地笑了笑。

"进来坐吧，我们店里今天刚好有优惠套餐活动，猪肉排加虾肉棒只需38元，还送一瓶橘子汽水哦！"

这么多吃的才38块钱！

夏知微瞪大眼睛，感到不可思议。

"看，这猪肉排刚刚炸好，外酥里嫩，口感俱佳，更重要的是非常实惠！"大叔举着一块猪肉排，兴致勃勃地推销道。

看着那块被炸得金黄酥灿的猪肉排，以及萦绕在鼻尖的诱人的香气，夏知微没忍住迈了进去。

要了一份老板说的超值套餐后，夏知微开始大快朵颐起来，虽然心里有点儿愧疚，但当咬下去第一口，美味的肉汁充斥整个口腔时，她的脑子里就只剩下"吃"这件事了。

不一会儿，夏知微就扫光了盘子里的所有食物。看着桌上的残渣，她觉得自己以前错过了很多美味的东西。

"怎么样？味道还不错吧？"大叔看着夏知微笑着问。

夏知微有点儿不好意思地点了点头："嗯，谢谢老板，买单。"

老板走到收银台，冲她笑笑："今天生意一般，所以给你个优惠，一共 30 块。"

听到还有折扣，夏知微又惊又喜，更令她惊喜的是，当她走近收银台，在收银台后方的墙柜上看到了一只招财猫，招财猫手里挂着的正是她日思夜想的御守！

与此同时，她还在柜台发现了一则招聘启事。

双重的惊喜让夏知微觉得自己比中了头等奖还要开心，她不由得惊呼道："我的御守！"

小吃店的那位老板被她的反应吓了一跳，疑惑地问："小姑娘，你说什么？"

"御守！那是我的御守！"夏知微指着招财猫手臂上的挂件激动地说。

老板顺着她的视线看了过去，这才恍然大悟："你是说这个吗？这是我儿子不知道从哪里捡回来的。"说着，视线越过她的肩膀看向身后，"正好那小子回来了，你有什么问题直接问他吧。"

夏知微疑惑地转过身，在看到眼前的人时，整个人都愣住了。

沐星澜穿着宽大的黑色上衣,脸部的轮廓在深色衣服的映衬下显得更加立体。蓝色的紧身牛仔裤搭配白色的运动鞋,看起来既有运动少年的阳光感,又有独特的清爽自然之感。他的手里提着一个巨大的外卖袋,脸上同她一样写满了惊讶。

"小星,你回来得正好,这个小姑娘说这枚御守是她的呢。"老板走到沐星澜的面前接过他手中的袋子,又指了指僵在一旁的夏知微。

原来这家小吃店的店主正是沐星澜的爸爸沐绍明。

夏知微明显看到沐星澜的眼里闪过一丝慌乱,但很快平静下来,他低下头,过了很久才又抬起来:"你怎么会在这里?"

"我……"夏知微一时间也不知道该怎么回答这个问题,支吾了一会儿后,指了指柜台上的招聘启事,"我是来吃东西的,顺便……顺便来应聘。"

听到"应聘"两个字,沐星澜露出一副难以置信的表情,他开始怀疑夏知微的目的。从一开始的偶遇,到后来学校宣传照的拍摄,再到现在所谓的应聘……这一切的一切似乎都是她不为人知的目的的幌子。

"小姑娘,我们这里干活很累的,你恐怕不行哦。"沐绍明在听说她想要来店里应聘后,表现出自己的担忧。

"不会不会,我什么都能做。"夏知微连忙说。

"得了吧,你这个千金大小姐能做什么啊?估计连基本的洗碗和洗盘子都不会吧……"沐星澜语带嘲讽地说,眼里也满是怀疑。

"什么?千金大小姐?"沐绍明有些惊讶,打量了一下她的穿

着，心下了然，劝道："小姑娘，你还是早点儿回家，好好读书吧，我们这里的工作肯定不适合你。"

"谁说我是千金大小姐？谁说我什么都不会？"夏知微不服地看着沐星澜，眼里有挑衅的意味，"有时候外表看起来光鲜亮丽的东西不代表本质也是这样。"

沐星澜知道她这番话是说给自己听的，脸色不由得变得有些难看。

沐绍明没有看出这两个人话里话外还有别的意思，继续委婉地拒绝道："小姑娘，这顿饭就当叔叔请你了，你还是赶紧回家吧，免得你的家人担心……"

听到"家人"二字，夏知微明亮的眼睛一下子黯淡下来，她垂下眸，内心陷入煎熬之中。

沐绍明见她神情有些忧伤，以为是自己赶人赶得太明显，伤了她的自尊心，急忙解释道："小姑娘，你别难过啊，我没有认为你不会做事情，只是我这个小店的活太累太苦，我怕你承受不住。"

夏知微正在心里纠结是否离开这里，见沐爸爸语气中似有松懈，顿时燃起希望："不会不会，我不怕苦也不怕累。如果您肯雇用我，工资可以打八折。"

"八折？"沐绍明听了她的话，感到难以置信，他还是第一次听到"工资打折"的说法，更加为难了，"这个……这个不是钱的问题……是我这里……"

话还没有说完，就被门外的一个声音打断了。

"好啊，打八折的话，可以试一试！"

5

三个人的视线齐刷刷地移到了门口,只见一个穿着华丽黑色中式旗袍的女人站在门前,她的模样看起来顶多也就三十岁的样子,旗袍非常合身,几乎是严丝合缝地紧贴着她的身体,黑色丝绸布料上,金色的线精致地在上面组成花朵和小鸟的图案,微卷的头发垂在肩上,白皙的皮肤上点缀着恰到好处的妆容,大地色眼影搭配着橘红色口红,端庄而美丽。

"安琪,你回来了!"看到门前的人,沐绍明的脸上顿时露出幸福的笑容,忙迎了上去,"累了吧,赶紧进屋来休息一会儿,我去给你弄点儿喝的。"

李安琪却摆了摆手,表情有些不耐烦:"先把兼职工的事情给解决了吧,你不是说找了很久都没有找到合适的人选吗?这个小姑娘既然这么真诚,又吃苦耐劳,不如就让她留下来吧。"

听到这句话,夏知微的内心一阵激动,就差没当着他们的面比一个 V(胜利)的手势了。

"谢谢小姐姐!"夏知微激动地向眼前这个美丽的女人道谢,却见眼前的人突然笑了起来。

李安琪一听到"姐姐"两个字,立马笑开了花。

"妈,你别闹了。"一旁的沐星澜没忍住说道。

妈?

夏知微感到无比震惊,没想到这个年轻貌美的女人居然是沐星澜的妈妈,她这才意识到自己刚才叫她姐姐的确有些不妥。

李安琪没有搭理自己的儿子,而是笑眯眯地望着夏知微说:"小姑娘,你的嘴可真甜,你知不知道已经很久没有人叫我姐姐了?都是叫我阿姨，明明人家一点儿也不老。"

为了这份工作，夏知微连忙顺着她的心意狂点头，丝毫不在意沐星澜鄙视的目光。

李安琪一开心，便直接发话："那咱们店兼职工的事情就这么定了，就要这个小姑娘吧。"

沐绍明听了，连忙点头："好好好，都依你……"

一旁的沐星澜则一脸无奈。

不仅找到了御守，还得到了一份工作，夏知微的心里别提有多开心了，连忙道谢："谢谢大叔，谢谢小姐姐。"

被人"姐姐姐姐"地叫着，李安琪十分受用，她这个人有两个忌讳，一是别人问她年纪，二是别人叫她阿姨。

"你以后叫我安琪姐就行了。"李安琪看着夏知微的目光多了一些赞赏。

"那安琪姐，请问我什么时候能来上班呢？"夏知微小心翼翼地问。

"如果你方便的话明天就可以。"李安琪思索了一下说。

夏知微激动地点头："好，那我明天就过来。"

说完，她走到沐星澜的父亲面前，指了指挂在招财猫胳膊上的御守问："叔叔，我能拿走这个吗？"

沐绍明一怔，随即反应过来，笑着取下御守递给夏知微。

一旁的沐星澜有些疑惑，问："这御守是你的？"

"是啊！"一提到这个，夏知微的心里就有些不爽，"就是上次你撞倒我时我不小心掉的，你看，这里还有我名字的缩写。"说着，她翻开御守背面左下角用红线缝着的几个字母。

沐星澜盯着那几个字母，淡淡地"哦"了一声："那你拿走吧，那天东西散落一地，比较乱，我是回来以后才发现这东西不知什么时候混进我包里的。"

"你们认识？"李安琪略带探究意味地看着两人。

"嗯，我们是同校同学。"夏知微解释道。

"原来是这样，那你们以后可要好好相处哦。"李安琪为自己的儿子能够交到这样的朋友感到十分开心，随后又问，"你们刚刚说的撞倒是什么事啊？小星，该不会是你欺负人家吧？"

"怎么可能？就是上次赶时间太匆忙撞到了她，所以才耽误了给你送衣服……"沐星澜漫不经心地解释道。

听到这里，李安琪瞬间变了脸色，她收起笑容，愤愤地看着夏知微："原来就是你搞砸了我的试镜？既然这样的话，那你明天还是不用来了。"

事情的转变速度完全超出了夏知微的想象，她有些反应不过来，一脸茫然地看着沐星澜的妈妈："请问这是为什么？"

"为什么？你还好意思问我为什么？要不是你，我怎么可能错过我人生当中最重要的试镜？如果不是错过试镜，又怎么会错过这个最重要的角色？你知不知道这个角色很有可能大火啊！"李安琪越说越气愤，沐绍明连忙上前用扇子给她扇风，想要稳定她的情绪。

"什么角色，什么大火？"夏知微仍旧一头雾水。

见她这个反应，李安琪的火气更大了，她一反刚才的淑女形象，双手叉腰："你知不知道我是一名演员？对于演员而言最重要的就是角色！《国色添香》这部剧你知道吗？当红明星肖杰主演的剧，本来我可以得到剧中饰演他妈妈的角色，要不是因为你撞倒了我家小星，耽误了给我送试戏服装，我怎么会失去这么重要的角色？"

被这样无端地指控，夏知微感到有些委屈，她红着脸，想要说些什么，却又不知如何辩解。

看到这样的情形，沐星澜觉得有点儿难堪。虽然不知道夏知微非要来自己家打工的目的是什么，但妈妈这种无理取闹的行为，还是让他觉得心里有些过意不去。

"妈，你别说了……"沐星澜忍不住开口制止道。

李安琪没想到自己的儿子也这样说，本来就上火的情绪终于爆发："我怎么了？你知不知道这几天为了试镜的事我操碎了心？没想到竟然被她搞砸了，如果我能拿下这个角色，这间破店早就不用开了，还有你的学费，还是问题吗？"

沐星澜被说得红了脸，一听李安琪又提起了关闭小吃店的事，也不知道从哪里来的勇气反驳道："不就是一个角色吗？为了这件事，你在爸爸身上发了多少脾气？"

沐绍明连忙扯沐星澜的衣角，瞪了他一眼："小星，你怎么跟你妈妈说话呢？"

沐星澜没有理会他，而是扭头对夏知微说："你为什么非要来我们家打工呢？工资不高不说，还很辛苦，还有一个这样不可理喻的老板娘，我看你还是离开这里比较好。"

夏知微整个人都愣住了，本来她还因为李安琪将试镜失败的责任推到她身上而感到委屈和气愤，现在见他们一家因为这件事吵了起来，反而有些内疚。没想到风云学校的"男神"沐星澜竟然也有着不为人知的家庭矛盾，一切并不像表面上看起来那般光鲜亮丽，她忽然有些感同身受。

"如果我说我有办法能帮你拿回角色，您能考虑重新雇用我吗？"夏知微开口。

李安琪缓了缓神色，有些惊讶地看着夏知微："你能有什么办法？"

"这部剧是我们家投资的，我想我应该能想到办法，如果您觉得这个条件还不够，我可以免费试工一天，如果通过了，您就雇用我怎么样？"夏知微提出这个建议的时候内心是有些忐忑的，她不确定他们能否接受她的提议，但只要有一丝希望，她也要试一试。

果然，李安琪陷入了沉默，但还是感到难以置信："你说这部剧是你们家投资的？"

夏知微点了点头。

一旁的沐星澜小声对李安琪说："她就是鸡腿大王夏帆羽的孙女。"

小店里瞬间安静下来，李安琪和沐绍明万万没想到眼前这个女孩就是那个将连锁店开遍各地的大亨夏帆羽的孙女，脸上的表情变了又变。

"可是，既然是鸡腿大亨的孙女，怎么会来我们这种小店打工呢？"还是沐绍明最先反应过来提出疑问。

夏知微脸上一红，正想着如何解释，沐星澜却替她开口："她是来体验生活的。"

"哦。"沐绍明恍然大悟，至于李安琪，看向夏知微的神色也缓和了很多。

第四章
夸下海口就要
全力以赴

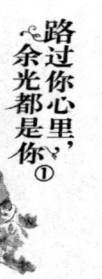

1

命运有时候就是这么奇怪,前些日子还在五星级酒店里吃着覆盆子蛋糕,喝着卡布奇诺用以打发寻常而又无聊的下午时光的夏知微,今天就站在高温的油锅前,小心翼翼地想要将碗里的鸡翅丢进去。

发烫的油锅让她心生胆怯,要知道,她平常最怕的就是油,更何况还是这种随时随地可能会爆炸的油……

夏知微紧紧地盯着盘子里的鸡翅,似乎想要用自己的意念将鸡翅丢进油锅一般。

橱窗前一个八岁左右的小男孩歪着头有点儿不解地看着她:"你是不是不会啊?"

"怎么可能?"夏知微矢口否认。

"那你快丢啊,我的肚子都要饿瘪了!"说完,那小男孩"扑通"一声坐在了身后的椅子上。

夏知微看了小男孩一眼,挠了挠头,有种被逼上梁山的感觉。

本来早上从学校出来的时候,她还是信心满满的,甚至为了彰显自己的决心,她一大早就来到了小吃店。

沐绍明看到她时还吓了一跳,他差点儿把她来店里打工的事情给忘了。

小吃店的工作主要有三类:一个是炸吃的,这项工作一般都是沐绍明负责;一个是送外卖,这个主要由沐星澜负责;最后一类就是小吃店的日常琐事,比如点单,打扫卫生,清洗食材等。

理所当然地,夏知微负责的便是这些日常琐事。

点单、打扫卫生这样简单的事情夏知微都能应付,清洗食材也勉强能接受,可她怎么也没有想到的是,下午沐星澜同沐叔叔出门采购食材这一会儿的工夫，这个小男孩就来到店里吵着闹着要吃炸鸡翅。

"快点儿快点儿，我要饿死了……"小男孩又催促了一声。

夏知微叹了一口气，咬咬牙，像是下了很大决心似的，往后退了一大步，然后猛地把鸡翅倒进油锅里。瞬间，油锅里便传来一阵"吱啦吱啦"的声音，白色的鸡翅在油的翻炸下慢慢变成金黄色，而夏知微却因为害怕蹲在地上。

这一切被从外面采购完食材回来的沐星澜尽收眼底，他感到有些意外，没想到夏知微这个传说中的富家小公主竟然一大早就来店里帮忙，而且在干活的过程中看起来也不是那么笨手笨脚嘛，就连此刻她害怕的样子都没有让沐星澜觉得娇气，反而觉得有些可爱。

意识到自己对夏知微的印象改观得有点儿大，沐星澜晃了晃头，似乎想让自己从这种不正确的迷思中清醒过来……

这一定是某种假象，沐星澜嘴角好不容易浮现出的笑容渐渐敛了起来，又换回平常那副冷漠的表情，而跟在后面的沐绍明丝毫没有注意到自家儿子这个细微的表情变化，因为他的视线都落在了翻滚的油锅上。

"哎呀呀，要炸过了，要炸过了！"

听见沐叔叔的声音，夏知微"噌"地一下站了起来，她满脸通红，为自己的行为感到有点儿不好意思。

沐绍明跑到油锅前熟练地翻了一下油锅里的鸡翅，没一会儿就捞了上来，并快速弄好调料。

"来，小朋友，你的鸡翅好了。"

小男生听说鸡翅炸好了，双眼放光地冲了过来，抱怨似的说道："哇！大叔，你是不知道，为了等这个鸡翅我都快要饿死了。"说完，他冲夏知微吐了吐舌头，很欠揍地说："姐姐，你可真逊……"

夏知微居然被一个小孩子嘲笑了，气不打一处来，换作平时，她早就回击过去了，可此刻，他是顾客，顾客是什么？顾客就是上帝，她不能对上帝不敬……

"没事，知微，这样的顾客我都已经习惯了。"沐绍明拍了拍夏知微的肩膀，示意她不要泄气，随后转身去后厨整理食材。

虽然被宽慰了，可一想到自己刚刚蹲在地上躲起来的模样，夏知微还是有点儿懊恼。

另一旁的沐星澜看着夏知微郁闷的样子，忍不住笑了起来，不知道为什么，看夏知微生气的样子还是挺有趣的。

就在这时，那个小男孩端着盘子朝夏知微跑了过去。

"姐姐，给我加点儿辣椒，没有什么味道。"

夏知微愣了愣："你一个小孩儿吃什么辣椒啊？"

"谁说我是小孩儿？我可是大人，有魅力什么都不怕的大人，我们班很多女孩子都喜欢我呢，吃辣椒算什么……"小男生一脸得意地说。

看小男孩这副模样，夏知微又好笑又无奈地摇了摇头，象征性地往鸡翅上撒了一点儿辣椒。

小男孩看了，不满地嘟囔道："怎么才这么一点儿，你是不是连撒辣椒都不会呀？刚刚炸鸡翅也不会，你真是笨死了！"

夏知微被这个小男孩的话气得牙痒痒，真的很想伸出手好好教训这个小孩儿一番，但一想到自己此刻的身份，只好忍了下来。

一旁的沐星澜见状走了过来，他将手里的水杯塞给夏知微，然后冲小男孩微笑道："这种辣椒不管放多少都没有什么味道，我们这里有很好吃的辣椒酱，要不要给你涂一点儿，成熟的小大人？"

"小大人"三个字让小男孩很是受用，又听说辣椒酱很好吃，他抑制不住内心的喜悦，连忙点头。

沐星澜的眼里闪过一抹狡黠的光，他从柜子里取出一个红色的玻璃瓶，然后打开，将里面的辣椒酱涂在了鸡翅上。

"尝一尝。"沐星澜将盘子递了过去。

小男孩接过盘子，迫不及待地咬了一口鸡翅，可沾有辣椒酱的鸡翅刚触碰到他的舌头，他整个人就像是触电一般地战栗起来。

"啊，好辣，好辣，变态辣！"他一边原地跺脚一边大喊。

听到动静的沐绍明从后厨冲了出来，看到眼前的情景，连忙拿了一杯柠檬水递给小男孩。

只用了几秒钟的时间就将一整杯水喝干净的小男孩嘴巴和脸都被辣得通红。

"怎么样？这个辣椒酱是不是够劲？"沐星澜笑眯眯地问。

小男孩气急败坏地指着沐星澜喊道："你是故意的，这个辣椒酱根本就不是人吃的！"

"谁说不是人吃的？"沐星澜一边笑着，一边用勺子舀了一大勺辣椒酱送到嘴里。

这一幕把小男孩看得目瞪口呆，他眼睛瞪得圆圆的，难以置信地看着眼前的人一脸平静地将他认为变态辣的辣椒酱咽了下去。

"你看，我这不是好好的？"沐星澜面不改色地说。

小男孩觉得很没面子，瘪了瘪嘴，把钱丢在桌子上，气鼓鼓地离开了。

看着他小小的背影，夏知微和沐星澜忍不住笑出了声。

刚刚还无比憋屈的夏知微顿时有了一种大仇得报的快感，整个人都神清气爽。

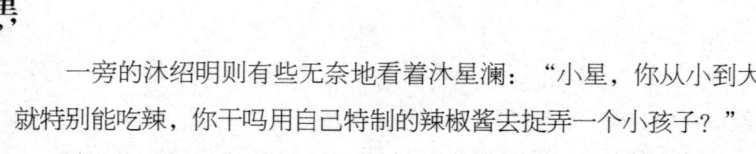

一旁的沐绍明则有些无奈地看着沐星澜："小星，你从小到大就特别能吃辣，你干吗用自己特制的辣椒酱去捉弄一个小孩子？"

沐星澜笑着说："爸，像这样的小孩儿就得好好教训教训，不然他不知道真正的大人是什么样的。"

"就是，就是，不能纵容他！"夏知微一个劲儿地附和道。

沐绍明有些哭笑不得："说得好像你们俩就不是小孩儿一样。"说完，就转身去了后厨，继续工作。

整个店里就剩下夏知微和沐星澜两个人，前段时间还剑拔弩张的两个人，今天竟然因为一个小孩儿同仇敌忾。

夏知微觉得周围的空气中萦绕着一丝尴尬的气息，沐星澜也觉得自己的笑容有点儿干涩。

"谢谢你的水……"夏知微晃了晃手中的水杯，努力找话题。

沐星澜愣了一下："哦，不谢，原本没想着给你喝的，是我拿给我自己的，既然你喝了就算了吧。"说完，他拿着剩下的食材打算去后厨帮父亲。

没走几步，像是突然想到什么似的，沐星澜停下脚步，转过身对夏知微说："下次要是怕被油溅到，你可以准备个防毒面具什么的。"

听到这句话，夏知微脸上的表情瞬间僵住了，直到沐星澜拐进后厨，才朝他的背影狠狠地挥了挥拳头。

什么人哪！自己有那么娇贵吗？

2

一整天的工作下来，夏知微觉得自己累得都快要灵魂出窍了。

可看着面前整齐摆放的干净碗筷，她的心里又莫名升起一股成就感，这种成就感是她以前从来没有过的。

"知微啊，你今天辛苦了，这个是给你打包好的便当，你带回宿舍吃吧。"沐绍明贴心地把一个白色的便当盒递给夏知微。

夏知微接过便当盒，连连道谢："谢谢沐叔叔。"

"以后你的上班时间可以按照你的课表来，然后每个月可以休息四天哦。"

沐绍明的话让夏知微愣了一下，随即反应过来，她这是被允许来店里兼职了。

"这么说,我以后就能在这里上班了吗？"夏知微有些激动地问。

"是啊，你今天表现得很棒，我觉得没必要再考核了，没想到你外表看起来文文弱弱的，做起事来不仅利落还很有条理。"沐绍明露出赞赏的表情。

被这样夸赞，夏知微有些不好意思地低下头，得到了人生中的第一份工作，她开心得不得了，短短一天的时间，她明白了什么叫作功夫不负有心人。

就在这时，小吃店的门开了，李安琪穿着一身白色蕾丝小洋装，拿着一只粉藕色的大纽扣皮质手提包从门外走了进来。

"哟，知微来了啊，怎么样，今天有没有累着啊？"李安琪一看到夏知微，就连忙热情地迎了上去。

昨天还对自己不冷不热，满是质疑，今天就这样热情。如此巨大的反差，让夏知微整个人有点儿蒙，一时有些反应不过来。

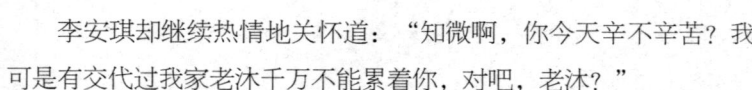

李安琪却继续热情地关怀道:"知微啊,你今天辛不辛苦?我可是有交代过我家老沐千万不能累着你,对吧,老沐?"

沐绍明正专心致志地忙着后厨里的工作,被这样猝不及防地一问,下意识地点了点头。

随后像是想到什么似的,又补充道:"不过今天知微表现得确实很不错。"

李安琪瞪了沐绍明一眼,然后继续热络地拉着夏知微的手:"那今天辛苦知微了。"

"没有没有。"夏知微连忙摇头,"我觉得今天工作得挺开心的。"

"那就好。"李安琪放心地拍了拍夏知微的手,随即话锋一转,"那之前的那个角色的事情就拜托你了哦。"

原来是因为这件事……

夏知微终于明白为什么李安琪对自己的态度会产生一百八十度的大转变。

这边,李安琪松开她的手,从冰箱里拿出几瓶饮料让她回学校时带着,一边跟她强调这个角色对自己的重要性,一边让她安心在店里体验生活。

"对了,你一会儿要怎么回学校?是司机来接你吗?"李安琪问。

司机?

夏知微心里一阵凉意。

以前倒是有可能,现在的自己,别说司机接送了,就连打车都有些困难。

"没有没有,我自己搭公交车回去。"夏知微难为情地说。

要是昨天,李安琪一定会怀疑夏知微的真实身份,可她今天专门去查了夏知微的来历,结果如儿子所说,她真的是鸡翅大王夏帆羽如假包换的亲孙女。

看来这个女孩是铁了心要来体验生活了。

"公交车啊,我刚刚回来的时候,已经是最后一班了。"李安琪想到这里突然有些担忧,"你一个小姑娘打车回去也不安全,要不让我们家小星送你吧。"

说着,她朝后厨喊了一声:"小星,小星啊……"

沐星澜以为发生了什么严重的事情,连忙从后厨跑了出来,却听母亲说:"小星,你快收拾收拾送知微回家。"

夏知微连忙摆手:"不用不用,我自己能回去。"

后厨里的沐绍明探出头:"现在挺晚了,还是让星澜送你吧。"

夏知微还想说些什么,却见沐星澜擦了擦沾有油渍的手,走到她身边,不容她反驳地说:"走吧。"

夏知微只好默默地跟着他出了门。

到了门口,沐星澜跨上一辆黑色的小电摩,把夏知微手上的便当盒拿过来挂在把手上,然后从座位底下拿出一个白色的头盔递给她:"把这个戴上。"

看着还沾有灰尘的白色头盔,夏知微有点儿犹豫。

这是她第一次坐这种车,有些紧张,还有点儿嫌弃。

这车一看就不是很安全……

"戴上,万一摔了,不至于摔到头。"沐星澜解释道。

夏知微皱了皱眉头:"算了,我还是自己走回去吧,这种车我可能坐不习惯。"说完,她将头盔递还给沐星澜。

沐星澜接过头盔冷哼一声:"也对,千金大小姐出门都是四个轮子的,岂是我们这种两个轮子的小电摩比得上的?"

夏知微脸上一红,心里也有些生气,决定不理会沐星澜,转身

就走。

却听沐星澜在她身后云淡风轻地说:"对了,好心提醒你一下,我们这个小巷前几天刚发生一起抢劫事件,你自己走的话要小心一点儿哦。"

一听到"抢劫"两个字,夏知微的脚步顿时停了下来,她转过身,就看见沐星澜下了车,准备回店里。

"等一下。"夏知微忍不住叫住了他。

"怎么了?"沐星澜转过身。

"还……还是你送我吧。"夏知微低着头走到小电摩的旁边,蹲下身取出座位底下的头盔,擦了擦上面的灰尘戴在头上。

看到这里,沐星澜没忍住笑了起来,他走到夏知微的面前,一把拿下她刚戴好的头盔。

"你干什么?不会这么小气吧?刚才你妈妈可是说了要让你送我回家的!你可不能违抗母亲的命令,这……这是大逆不道!"夏知微急红了眼。

这个时间点确实没有公交车了,她身上的钱也不多,再不省点儿,接下来的几天恐怕真的要饿肚子了,目前也只有这个办法了。

沐星澜伸出手戳了戳她的头盔,笑着说:"你戴反了。"

一句话说得夏知微满脸通红,她一把抢过他手里的头盔,重新戴好。

沐星澜则戴上一顶黑色的头盔,帅气地跨上车。夏知微坐在他身后,背绷得僵直,努力让自己跟沐星澜保持一定的距离。

路边的夜景在快速后退,晚风拂面而过,带来一阵淡淡的好闻的薄荷香味,是沐星澜身上的味道。

真是难得,这么繁杂的劳动,他身上竟然没有充斥着汗味。

夏知微暗暗地想着，视线移到马路两边，小巷灯光昏暗，狭窄而幽长，路上几乎没有行人，本该是令人害怕的场景，她却觉得异常宁静。

自从家里出了事，她已经很久没有感受过这样的宁静了，脑海里每天都是一堆乱糟糟的事情。她一边要想办法努力地生存下去，一边还要应付同学们的闲言碎语。

想到这里，夏知微不由得打了一个哈欠，不知道是不是因为白天太累，她觉得自己的眼皮越来越重，像是被一百斤的海绵压着一般，视线也开始变得模糊。虽然极力想要拉开自己与沐星澜之间的距离，但还是忍不住靠了上去。

沉重的头撞到一个温暖的背脊，一整天的疲累像是退潮的海水一般瞬间退散了。

正专心致志开着车在小巷里穿行的沐星澜感觉到贴在背后的重量，整个人微微一颤。

这时，小电摩从昏暗的巷子里驶出，马路上的灯光变得明亮，整座城市像是一片汹涌的海洋，而来往的车辆像是穿梭在海洋里发光的鱼。

灯光，汽笛，这座城市最不缺的就是灯光和喧嚣。

可此刻的沐星澜却感到了前所未有的宁静，后背那个小小的温暖的力量让他忍不住减缓了车速。

从来都是风驰电掣的他，小心翼翼地行驶在这条熟悉得不能再熟悉的路上，那些熟悉到已经厌倦的风景，不知道为什么，今晚看起来格外柔和美丽。

由明晃耀眼的大马路转入通往学校大门的林荫小道，路灯洒下昏黄的光芒，像是某个温柔的电影画面，头顶上是一整片星空，让

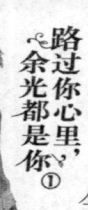

今晚的夜色更加迷人。

本来是二十分钟的车程,但为了不吵醒身后的夏知微,沐星澜足足开了将近一个小时。

那个本来在心里看不惯的女孩,不知道为什么,在这短短一天的时间里,有些东西似乎在悄然发生着变化……

3

当清晨的阳光从窗外洒入的时候,夏知微揉了揉惺忪的睡眼。微小的尘埃在阳光下静静地飘浮,风轻轻吹动白色的窗帘,带来一股清淡的花香。

窗外传来阵阵同学们三三两两的说笑声,还有操场上响亮的广播声。

夏知微伸了伸懒腰,刚想感受一下清晨的惬意,就听到"咔嚓"一声。

只见苏小小捧着相机,对着自己一顿猛拍。

"早上好,夏知微!根据贴吧同学的建议,有关你的纪实采访从你起床的这一刻起就要开始喽。"苏小小丝毫没有注意到夏知微明显的臭脸,兴致勃勃地说,"来,你坐起来准备下床的姿势,我们再来一张……"

夏知微没有出声,虽然知道苏小小是一个喜欢拍照的人,她还是很不习惯。但现在是早晨,新的一天才刚刚开始,她不想闹得不愉快,只能极力压抑即将爆发的怒气。

"苏小小,你每天这样拍不累吗?"从洗手间刷完牙出来的李笑鸽无语地问。

"不累啊,我还能顺便给你拍一张呢!对了,我上次跟你说的把你收养流浪小狗的事情写下来,你考虑得怎么样了?"苏小小说着,就把镜头对准了李笑鸽。

李笑鸽下意识地用手挡住脸:"得了吧,我可不想变成明星人物。对了,告诉你们一个好消息,上次的小狗已经成功找到主人啦!"

听到这个消息,苏小小和夏知微都忍不住欢呼起来。

"夏知微,你再做一个惊讶开心的表情,你刚才的样子挺好看的,说不定以后用得上。"苏小小不愧是学校公认的八卦小天后,刚欢呼完,就迅速地换上了一副标准的职业模样。

夏知微不顾形象地翻了个白眼,火速跳下床,躲开她的镜头溜进了洗手间。

"对了,你昨天带回来的便当真好吃,在哪里买的啊?"夏知微正在洗脸,就听见苏小小在门外喊。

她微微一愣,"便当"两个字把她的记忆拉回到了昨天晚上。

昨天从小吃店回来的时候已经很晚了,因为太累,她似乎靠在沐星澜的背上睡着了,醒来的时候,正好在学校门口。

对于自己靠在他身上这件事,夏知微现在想起来还有点儿脸红。

原本以为,以沐星澜的性格应该会停下车推开自己,可没想到他非但没有这样做,还没有嘲笑自己。

难道是良心发现了?

夏知微想着想着,昨天晚上的一些细节也慢慢拼凑起来。

昨天自己睡得很安稳,而睁开眼的时候,沐星澜只是笔直地坐在自己的前面,当时他的姿势似乎并不像是刚停下小电摩的样子。

所以有没有可能,自己一直在睡觉,那个家伙没有叫醒她,而是在等她醒来?

这样的猜想让夏知微的脸颊更加发热,她使劲儿地甩了甩头,连忙否定自己的想法。

不可能,沐星澜和自己完全就是死对头嘛,还有他那个难缠的妈妈……

夏知微忽然想起自己昨天答应李安琪的事情,如果没有办法帮她拿到那个角色，那她去小吃店打工的事情还是很悬。

想到这里，夏知微叹了一口气。

不知道现在的她去爷爷的公司找影视部的负责人，对方还会不会待见她。

毕竟现在的自己已经不是当初那个被百般宠爱，一呼百应的小公主了……

4

一放学，夏知微就火速赶往爷爷的公司，刚走到前台就察觉到气氛有些不对劲儿。

换作以往，她只要一踏进公司，前台的小姐姐就会立马笑着迎上来，公司里的其他员工看见她也都十分热情。

可今天，除了几个还算熟悉的小哥哥小姐姐会点头微笑跟她打个招呼以外，其他员工都像是怕惹祸上身一般假装没有看到她。

到了影视部，夏知微找到了影视部的金部长，金部长对自己一向是最热情的，可今天的他，虽然脸上依旧带着微笑，但说出的话却透着一股冷漠和疏离。

"夏小姐，这部戏确实是我们公司投资的，但导演组的信息以及拍摄场地都是公司的机密，我们不能随便透露。"

"金叔叔，我现在真的很需要见到导演请他帮我一个忙，你放心，我绝对不会把拍摄场地告诉别人的。"夏知微虽然已经感觉到了金部长刻意的冷漠，但为了小吃店的工作，她还是硬着头皮向他恳求。

因为她知道，所谓的机密其实只是金部长敷衍她的说辞，放在以前，金部长不但会主动带她到片场玩，还会介绍导演和一些知名演员给她认识。

"这个真的不行，夏小姐，您就别为难我了，现在公司都是高度戒备状态，毕竟董事长还在医院里躺着。这样吧，你让夏经理给我下命令，这样我就能毫无顾忌地告诉你想要的信息。"

金部长口中的夏经理就是她的姑姑，让姑姑开口帮自己，根本就是不可能的事。

夏知微有点儿泄气，原本还想继续恳求一番，但金部长随便找了一个借口就溜掉了。

眼前的路似乎都堵死了，夏知微沮丧地从办公室里走出来，刚走到影视部的门口，就看到以前与自己关系很好的宣发部的小鱼姐姐。

"知微，虽然不知道你要地址和电话有什么用，但希望对你有帮助吧。"小鱼偷偷把一张字条塞到夏知微的手里。

看着上面的地址和电话号码，夏知微激动得连声道谢："谢谢小鱼姐姐！"

"不用客气，你还是赶紧离开这里吧，夏经理前不久在公司宣布你已经跟夏家没有任何关系了，她现在每天都会来公司，要是被她撞见了，估计会为难你。"小鱼说完，冲夏知微抱歉一笑，然后快速离开。

看着小鱼的背影，夏知微又气又无可奈何，自己与公司的联系其实并不大，不过是因为名下拥有公司百分之三十五的股份，就能让姑姑对自己如此冷漠，真是让人寒心。

从影视部出来，夏知微因为不想碰到姑姑，所以赶紧离开了公司，不承想，刚走到公司的大门口，就看见姑姑迎面走来。

"夏知微，你来干什么？"没想到夏知微会出现在公司，夏小艾的脸色有点儿难看。

"姑姑。"夏知微没回答她的问题，只是礼貌地叫了一声。

"别叫我姑姑，我现在已经不是你姑姑了。我问你话呢，你来公司做什么？"夏小艾的眼神有点儿慌，毕竟在这个公司里，她占据的股份本来就没有夏知微多，而自己之所以能够暂时性地压倒她，不过是因为夏知微还没满十八岁，不能行使股东权力。

"没干什么，就是过来看看。"夏知微说完就准备走，她不想

第四章 夸下海口就要全力以赴

再在这里待下去,更不想让姑姑知道自己此行的目的。

"夏知微,你知不知道现在的你于我们夏家而言还是一个不确定的存在?我希望在你的身份确认之前,不要在这里再看见你。"夏小艾的语气变得傲慢,眼神也移到了夏知微右手紧紧攥着的字条上。

夏知微不动声色地将右手背到身后,她一方面气姑姑不分青红皂白就质疑自己的身份,一方面又清楚,在爷爷昏迷不醒的情况下,如果自己真的被赶出家门,那自己的股份就会全部转移到她名下,这才是姑姑的真正目的。

"你要是能证明我不是爷爷的亲孙女,就拿出证据,如果没有的话,等爷爷醒来,你会为自己的言行负责的!"夏知微毫无畏惧地迎上了夏小艾的眼睛。

夏小艾一直讨厌夏知微这副天不怕地不怕的模样,同样是孙女,凭什么自己的女儿佳茉就不能得到她那般的宠爱?因为这种不公,她不知道跟老爷子吵了多少次,可每次都被呵斥回来,说她没有当姑姑的宽容。

凭什么自己也要忍受着这个蛮横无理、尽享宠爱的大小姐?她和女儿在公司的全部股份加起来还没有夏知微一个人多……

现在老爷子躺在医院,许眉又领了个女孩出现,正是将夏知微赶出家门的大好时机,她无论如何都不会放过这个机会。

"既然你要证据,那你等着吧,我一定会让你知道什么叫作铁证如山。"说完,夏小艾踩着高跟鞋,趾高气扬地走了。

夏知微不知道姑姑为什么会说得这么理直气壮,可她并不害怕,自己与爷爷的血缘关系是无论如何都不可能改变的!

离开公司,夏知微拨通了字条上的电话号码。

听到夏知微报出的名号以后,电话那头原本不耐烦的声音立马变得恭敬起来。事情比夏知微想象的要顺利许多，毕竟李安琪想要的角色只是个戏份不多的配角，所以导演一口就答应了，并让李安琪明天上午就去报到。

圆满解决这件事情，夏知微总算松了一口气，立马打电话将这个好消息告诉李安琪。

听到李安琪激动兴奋的声音，夏知微知道，自己的兼职终于落定了，一想到自己以后的生活有了保障，她连走起路来步子都轻快许多。

可她不知道的是，正当她哼着小曲，心情极佳地往公交站走去的时候，夏小艾正在公司里开着全体员工大会，询问夏知微来公司的原因。

很多事情就像是这个季节的天气，上一秒可能还阳光灿烂，一片安好，下一秒就有可能乌云密布，危机重重。

第五章 乌云背后肯定会有幸福线

1

上一次感到绝望是什么时候呢？夏知微已经完全想不起来了。

以前总觉得这个词离自己太过遥远，可自从爷爷住院以后，这个词似乎就成了她生活中的代名词。

这个季节的风给闷热的宿舍带来一丝凉意，微风轻拂，窗外的树叶飒飒作响。夏知微失魂落魄地站在窗前，手机里那个尖锐的声音还在咆哮着。

"夏知微，你明天不用过来上班了。"

"办不到的事情就不要逞能！"

"你知道去片场是多么费时费力吗？明明被赶出家门，还说什么体验生活，真是可笑！"

小时候总是听到女主角是公主的童话故事，故事里的公主总有一顶闪闪发光的王冠，那是尊贵身份的象征。

可皇冠若是失落了，公主就真的不再是公主了吗？

夏知微仰起头，努力抑制住眼里快要掉下的泪水。

相比之前发生的事情，失去小吃店的工作对她而言算得上是最大的打击。

这种失落的感觉要怎么形容呢？

就像是独自走过一条长长的隧道，四周一片漆黑，明明很害怕，却不断地告诉自己，只要再坚持一下就可以看见光亮。于是在惴惴不安地走了很久以后，终于看到了那抹渴望已久的阳光，却发现一切都是假象……

钱包里的钱已经所剩无几，再找新的工作又不甘心。

夏知微觉得自己不知何时走进了一条死胡同，前方已经没有路让她选择了。

电话那头终于恢复了安静，黑掉的手机屏幕像是带着绝望气息的旋涡，让夏知微喘不过气来。

她很想打电话找人求助，但很快意识到，除了躺在病床上的爷爷，在这座城市里，她找不到第二个可以求助的人。

风继续轻拂着她的发丝，身体上的清爽并不能给她带来些许安慰。

"夏知微。"就在这时，她的身后蹿出一道身影。

夏知微回过头，就见苏小小一脸八卦地盯着自己。她本能地皱起了眉头，难道在这样烦闷的时刻，她还要应付没完没了的偷拍吗？

可令她没有想到的是，苏小小并没有举着相机对她一通抓拍，而是用略带八卦探究的声音问道："你和沐星澜到底是什么关系？上次我跟拍你们，没觉得你们有多熟啊！虽然大家都在猜测，但毕竟只有我才是知道事情真相的人。对了，为了保持新闻的持续性，当然也是为了保护沐星澜的个人隐私，我可是一直都没有承认，那天照片里的人其实就是沐星澜。"

夏知微不知道苏小小又在打什么鬼主意，便没有搭理她，而是走到自己的床边，假装整理床铺。

苏小小跟在她身后想要继续追问，但看她脸色不大好，便转了话题："你猜我刚才回宿舍的时候碰到了谁？"

夏知微继续收拾东西，没有回答。

苏小小早已习惯了她的脾气，继续说："我碰到了沐星澜，他叫住我，问我是不是跟你一个宿舍，然后让我转告你他找你有事，在小操场等你。"

听到这句话，夏知微手里的动作顿住了。

第五章 乌云背后肯定会有幸福线

沐星澜找她？难不成也是因为角色的事情？

夏知微的心情又沉重了几分，她稍微收拾了一下，准备出门。

身后的苏小小依旧喋喋不休地说："你们俩到底是怎么回事啊？要不要做个专访什么的？你不知道，现在大家对你们可好奇了……"

夏知微本就烦闷的心被苏小小搅得更加烦躁，她转过头，严肃地看着苏小小："苏小小，你能不能不要每次都把你的狗仔行为美化成职业素养？你到底是想当一名堂堂正正的记者，还是想成为专挖人隐私的八卦狗仔呢？还有，这里是学校，我和沐星澜一样，都是普通的学生，你这样难道不是在侵犯我们的隐私吗？"

见夏知微突然发脾气，苏小小被吓了一跳，平常总是像只小麻雀一般"叽叽喳喳"的她，此时一句话也不敢说。一向充满活力的脸上闪过一丝受伤的表情，眼里也闪烁着委屈的神色。

看到苏小小这副委屈的模样，夏知微知道自己刚才的话有点儿过分了，她不自觉地就将这段时间积累的压力发泄在了苏小小身上，可她实在受不了苏小小这种随时随地跟拍的行为。

到了嘴边的"对不起"又咽了下去，夏知微沉默着走出了宿舍，朝小操场的方向走去。

宿舍到操场不过十分钟的距离，一路上，夏知微都在反思自己刚才的话是不是给苏小小造成了伤害。

严格意义上，她和苏小小并不算是朋友，很多时候，她都挺讨厌苏小小的，永远端着相机，不分时间和地点地跟拍自己，还在贴吧上曝光自己的身世，害同学们把自己当成了热门话题。

可不知道是不是因为和她一起住久了，虽然有时候会有点儿讨厌她，但并不想因为自己而害她不开心。

"夏知微。"

就在夏知微感到一个头两个大的时候，忽然听见有人喊她。循着声音望了过去，一眼就看到操场边上一棵大树下的沐星澜。他穿着黑色的 T 恤，脚踏一双黑色的运动鞋，身子微微歪斜地靠在自行车上，轮廓分明的脸并没有因简单的着装而逊色，反而显得更加惹眼，配合着阳光和树荫，像是从漫画里走出的少年。

等夏知微走到他面前，少年开口问："我妈有打电话给你吗？"

听到这句话，夏知微立马就知道了他找自己的目的，心情低落地点了点头。

见一向骄傲的夏知微如斗败的孔雀一般垂着眸，沐星澜大概猜到了妈妈说了什么过分的话。

"对不起，没能帮你的妈妈争取到角色。"夏知微内疚地说。

沐星澜摇了摇头："你跟我道什么歉呢？至于我妈，你就更不用道歉了。"

沐星澜的话让夏知微的心稍微有了一丝安慰，原本以为他是来责问自己的，没想到他不仅没有怪自己，还很体谅自己现在的处境，夏知微不否认自己有一点儿感动。

可这样的想法很快就消失了，沐星澜接下来的话让她差点儿没忍住一拳头朝他的脸挥过去。

沐星澜是这样说的："我找你来是想劝你不要来我家做兼职了，这种脏活累活不适合你，更何况，你也看到了……我妈的要求还那么多。"

"你是觉得我没有办法坚持吗？"夏知微的脸色一下子沉了起来，语气也冰冷几分，"连沐叔叔都对我表示了肯定，你凭什么认为我不行？"

"一天两天没问题，但时间久了你能保证自己可以坚持下来吗？

还不如现在放弃。"沐星澜皱着眉头说。

夏知微的心情本来就很糟糕,听了沐星澜的话更是气不打一处来。如果不是沐星澜这番话,她还真打算放弃了,可如今,她的斗志被重新激发起来。

"我会证明给你看,我一定不会轻易放弃的!"夏知微狠狠地撂下这句话,潇洒地转身离开。

望着夏知微的背影,沐星澜的神色有些复杂,不知道自己刚才这番话对夏知微究竟是好是坏。

2

离开操场后,夏知微径直到了电视剧的拍摄基地。她的想法很简单,弄明白李安琪失去角色的原因,并且想做最后的尝试,希望事情能够出现转机。

可当她出现在片场,向导演说明自己的目的后,导演只是不耐烦地挥了挥手,并责问旁边的助理:"这个女孩是哪里来的?怎么现在什么人都往片场里放?"

眼看着就要被赶出去,夏知微连忙拦在导演面前:"我是夏知微,夏帆羽的孙女,你们这部戏就是我们公司投资的。李安琪本身就可以靠实力获得这个角色,您为什么不给她一个机会呢?"

导演上上下下打量了夏知微一番,阴阳怪气地问:"你就是夏帆羽的孙女?"

夏知微点了点头。

"可我听说你已经跟夏家没有任何关系了,还是昨天你姑姑亲口证实的。"

听到这句话,夏知微大概猜到了事情的原委,今天接到李安琪控诉的电话时,她就隐约感觉到事情可能跟姑姑有关,没想到还真是姑姑搞的鬼。

尽管如此,她还是不想放弃:"那您能告诉我不用李安琪的原因吗?或者说,你们对这个角色的要求到底是怎样的?"

导演见夏知微如此坚持,干脆实话实说:"其实这个角色谁来演都无所谓,本身也不是什么特别重要的角色,但既然你姑姑发了话,我也不想难做人。"

夏知微一向聪明,自然听得懂导演话中的含义,只是没有想到,姑姑对自己的讨厌已经到了要干预自己身旁小事的地步。

她努力使自己保持镇定，大脑开始飞速运转，思考着要如何说服导演。

就在这时，一名工作人员匆匆忙忙地跑了过来。

"导演导演，不好了！"那个人穿着蓝色的工作服，工牌上写着"副导演"三个字，他戴着一顶贝雷帽，满头大汗，看起来很是焦灼。

"什么事情这么慌慌张张的？"导演皱着眉头，一脸不高兴的样子。本来夏知微就已经够让他头疼的了，现在副导演似乎又带来了什么不好的消息。

"那个，唉！"副导演哭丧着脸，叹了一口气继续说，"林菲菲的经纪人打电话来说怎么都找不到她了。"

"找不到？"听到这个消息，导演的声音有点儿失控。

副导演一边擦额头上的汗水，一边心虚地点头："是啊，早就听说林菲菲特别情绪化，很喜欢耍大牌，可怎么也没有想到她会在这么紧要的关头玩失踪啊！"

"没了她这剧还怎么拍？她现在可是最火的女明星，只要有她的电视剧就一定不愁收视率！"导演急得直挠头。

"那现在可怎么办啊？"副导演急得直拍手。

"你问我怎么办？当然是找啊！还能怎么办？就算把这个城市里里外外都翻一遍，也要把她给找出来！"导演已经急昏了头，说话也开始语无伦次起来。

在一旁听了全过程的夏知微终于忍不住开口："你们说的林菲菲，是《明日家族》这部剧里的林菲菲吗？"

"对啊！"导演和副导演都用不耐烦的眼神看了夏知微一眼。

得到这个答案，夏知微原本愁云满布的脸迅速恢复了往日的神采。

她眼睛一亮，笑着对导演说："导演，我们来做个约定吧！如果我能帮你找到林菲菲，你就把男主角妈妈的角色给李安琪怎么样？"

果然，夏知微的话让周围的人都怔住了，导演难以置信地看着夏知微："你？"

"我知道我现在的话一点儿说服力也没有，这样吧，我们大家一起找，如果我在你们之前找到她，并劝她回来拍戏，您就答应我的条件，怎么样？"夏知微说。

导演皱了皱眉，有些犹豫，这个交易对他而言确实不吃亏，要是林菲菲真被夏知微找到了，对他们而言简直是天大的好事，至于李安琪的那个角色，本来就不是什么重要的事情，只要让剧组的人不把起用她的原因讲出去就行了。就算林菲菲没有找到，也算是给夏家孙女一个面子，指不定夏帆羽什么时候醒来。

"行，那就按你说的办……"

3

"您拨打的电话已关机,请稍后再拨……"

在听了无数遍这道温柔的女声后,夏知微终于淡定不下来了。她之所以那么爽快地和导演达成共识,并不是一时冲动,而是因为她和林菲菲私交还算不错。

《明日家族》是林菲菲出道后的成名之作,这部作品正是两年前夏知微家投资的,爷爷还心血来潮地当了一回制片人。

林菲菲那时刚满十八岁,所有人都不看好这个只拍了几支小广告的女孩,对她的演技和能力颇有微词。

夏知微当时去片场玩,看到一个小副导演抓着林菲菲一顿臭骂,就跑去出面帮忙,年纪相差仅三岁的两个人很快就成了朋友。

原本以为只要自己出面就一定能够说服林菲菲,可没有想到的是,现在压根联系不上她……

从片场返回宿舍的途中,夏知微反复拨打着那个熟悉的号码,可回应自己的永远是那道温柔却冰冷的女声。

想了很久,夏知微决定从林菲菲的经纪人那里打探一下,看看能不能从她那里得到什么消息。

可电话一接通,就听见林菲菲的经纪人小琳姐焦急的声音从听筒那边传了过来。

"知微,你是不是有菲菲的消息啊?"

夏知微叹了一口气,失望地说:"没……没有,我还以为你知道她在哪里呢。"

"她一声不吭就突然失踪了,现在广告方和制作方都乱作一团,这个小姑娘真是太不让人省心了!之前她说想要休息两天,我让她再坚持一下,没给她批假,谁知道她竟然跟我玩离家出走!气死我了!"

小琳姐的声音听起来非常上火,夏知微知道自己再追问下去只会添乱,便宽慰道:"小琳姐,你别急,我想菲菲可能只是想一个人放松一下,过几天肯定会出现的。"

"过几天?你知不知道她现在手上有多少工作啊?她消失一天,我们会损失多少钱!"

"……"

夏知微努力在脑海里搜索可以安慰人的词汇,可想了半天,还是想不出该说些什么来安慰她。

"好了,我不跟你说了,现在公司因为她一团糟,我还有一堆烂摊子要处理,对了,等过些日子,我去看望你爷爷啊……"

"好的,好的,那你忙吧。"夏知微说完赶紧挂了电话。

如果连小琳姐都找不到林菲菲,那自己真的可以找到她吗?

林菲菲自从爆红以后就越来越忙,简直成了空中飞人,正因如此,她们两个人的联系也越来越少。

这样看来,她能找到林菲菲的可能性真的很小。

"夏知微,你刚才给谁打电话呢?你口里的菲菲,该不会是当红小花旦林菲菲吧?"

就在夏知微陷入迷茫的时候,苏小小不知从哪里钻了出来,脸上是熟悉的八卦表情,看样子,她已经忘了之前自己冲她发脾气的事了。

一想到自己早上对她的态度,夏知微就有些愧疚,同她说话的声音也不由自主地温和了些:"嗯嗯,就是她。"

"那你有她的消息吗?我今天还听到杂志社的师哥说她好像正

玩失踪呢，因为消息还没证实，所以他们没敢报出来。"苏小小水杏一般的大眼睛里散发的都是八卦的色彩，真是可惜了这样一双好看的眼睛。

"这样说来你认识林菲菲？对了，好像之前你们家还投资过她的电影吧？哇！你什么时候带我见见她啊？我也想好好采访采访她呢！如果能够给她做一次专访，那点击率肯定爆表！"

相比于苏小小的兴奋，夏知微则显得落寞许多，她浓密的眉毛拧在一起，瓷娃娃一般的脸上流露出悲伤的表情，声音淡淡的："我现在只想赶紧找到她，请她帮我一个非常重要的忙……"

"你有很重要的事情要找她帮忙？"苏小小惊讶地问。

"嗯，对我非常重要，关系到我以后的生活。"

见夏知微一副心事重重的样子，苏小小很想帮她，可她知道自己是心有余而力不足。

就在两个人都一筹莫展的时候，身后传来一个声音。

"你们要找林菲菲吗？我知道她在哪里……"

4

说出这句话的不是别人，正是坐在床上拿着薯片大快朵颐的李笑鸽，她一副悠闲的样子，似乎并没有意识到自己刚才这句话在这间小小的宿舍引起了爆炸性的反应。

苏小小站起身看着李笑鸽，声音有点儿激动："李笑鸽，你知道林菲菲是谁吗？她可不是我们学校的同班同学，或者别的学校里的什么人，而是……"

"而是有名的大明星林菲菲吗？凭借《明日家族》进入大众视野，去年因为真人秀爆红，唱歌跳舞演戏全方位发展的当红小花旦。"李笑鸽说得云淡风轻。

本来并不打算把李笑鸽的话当一回事的夏知微听到这里，也忍不住用惊讶的表情看着李笑鸽。

"你真的认识林菲菲？"她再次确认道。

李笑鸽白了两人一眼："是啊，我能认识大明星很奇怪吗？"

夏知微和苏小小不约而同地点了点头。

李笑鸽黑着脸走到夏知微面前，指着她不满地说："你，有钱人，所以能认识大明星对吧？"说完又走到苏小小的面前，"还有你，一个半吊子的狗仔，你也有可能认识大明星对吧？就我，一个再普通不过的学生，是最不可能认识明星的对吧？"

这样一分析，苏小小觉得很有道理，忍不住连连点头，可当她的视线对上李笑鸽冷厉的眼神时，整个人立马僵住了。

"李笑鸽，你别误会，我们俩不是那个意思……"夏知微想要解释，可因为心虚，只说了一句话就开始词穷。

李笑鸽冷冷地看了夏知微一眼，问："你找林菲菲有很急的事情吗?"

夏知微"嗯"了一声,随后不确定地问:"你真的能帮我吗?"

李笑鸽抱起薯片:"是啊,你上次不是帮了我吗?"

瞬间,夏知微觉得自己的心里仿佛有一万束烟花在燃放,这种柳暗花明的感觉实在是太让人幸福了。

"可是,我有个疑问。"一旁的苏小小突然开口,她歪着头看着李笑鸽,"你是怎么认识林菲菲的?"

是啊,李笑鸽是怎么认识林菲菲的呢?这个问题同样困扰着夏知微。

李笑鸽犹豫了一会儿,随后说:"我不是因为体育特长生的身份才被保送到这个学校的嘛,但在此之前,我在乡下的一所学校念书,乡下比较偏远,所以,学校里的大部分学生都是留守儿童和贫困生……

"那时,我们学校的桌椅都是二手的,高科技的教学设备基本没有。两年前,林菲菲爆红那会儿,我就特别喜欢她,并成了她粉丝后援会的成员。大家平时都会给她写信,把她当成身边的大姐姐,我也把自己的事情写在信里寄给她。我原本以为这些信是不会被她看到的,谁知道有一天,我们学校突然收到了捐助,捐助者不是别人,正是林菲菲。因为她,我们才有了新的教室,还有了同你们城里小孩儿一样的投影仪。而她之后也会不时地来学校看我们。因为不想被媒体知道,她每次都是偷偷来的,捐助的钱据说也都是她自己的钱。嘿嘿,从那以后,我就更加喜欢她了。中午时,我以前学校的一个小学妹给我发照片,说菲菲姐又去看她们了,所以我才有底气跟你们说我可以找到她。"

李笑鸽的话让宿舍陷入了一瞬的沉默,夏知微和苏小小没想到李笑鸽还有着这样的过往,更没想到光鲜亮丽的大明星林菲菲也有着这样不为人知的温情的一面。

苏小小揉了揉眼睛:"真是太感人了,我都要哭了。"

夏知微也很受触动,在脑海里回味良久以后,突然记起自己的正事,连忙拉住李笑鸽的手:"今天正好没课,你能带我去找她吗?我真的有非常重要的事情!"

李笑鸽被夏知微突如其来的亲密弄得有点儿不好意思:"当然可以啊,那我们早点儿出发吧,从这里到我们学校要一个多小时的路程呢!"

"我也去,我也去,我得带上我的电脑和相机!"苏小小快步跑到自己的柜子前,开始收拾装备。

"苏小小,你要是带着这些装备打算去做什么专访,那我就不带你去了。"李笑鸽语气严肃地制止了她。

"为什么?"苏小小拿着相机的手顿住了,一脸无辜。

"菲菲姐之所以每次都偷偷去我们学校,就是不想被打扰,她喜欢跟孩子们待在一块儿,又不想被别人说是炒作,所以,你给我死了这条心吧。"

李笑鸽的话让苏小小想要做一个有关林菲菲的专访的想法就此打消,她吐了吐舌头,抄起自己平时背的包包,和两人一起出了宿舍。

学校附近的巴士站有直接到李笑鸽家乡的巴士,每半个小时一班,很幸运地,她们刚进巴士站就赶上了一趟。

巴士沿着柏油马路一路往南开,沿途是大片大片刚冒新芽的绿油油的稻田,苏小小兴奋得忍不住一直尖叫。

夏知微也被这样的景色迷住了,她透过车窗,看着成片的稻田,感受到前所未有的宁静,似乎接下来能不能见到林菲菲,任务能不

能完成,此时此刻也变得不再重要。

一个小时后,三个人抵达李笑鸽的家乡。这是一个被绿水环绕的小村庄,像是隐藏的桃花源一般,鸟语花香,空气清新。村口有一棵巨大的榕树,树下是几个孩童嬉笑打闹的身影。

在这样静谧的氛围中,三个人不知不觉就走到了李笑鸽的母校。

踏入学校的大门,映入眼帘的是一条种满香樟树的小路,小路左边是一个稍显老旧的操场,不过操场虽然老旧,但里面诸如篮球架和乒乓球台等体育设施却是崭新的。走过操场就看见两栋白色的教学楼,其中一间教室传来一阵清脆的欢笑声。

三个人朝那间教室走了过去,就看见许多学生围着一个人,那个人留着波浪般的长卷发,海草一般的头发垂在胸前,白皙精致的脸上有一双干净而清澈的眼睛。浓密修长的睫毛微微卷翘,高挺娇俏的鼻梁让整张脸的轮廓变得分明。她穿着白色长裙,裙子上是用各色珠子刺绣而成的几何图形。

远远看去,她就像是从森林里走出来的仙子一般,浑身散发着缥缈动人的甜美气质。

"哇,林菲菲本人要比电视上好看一百倍啊!她是我见过的最美的人了!以前我觉得夏知微已经够好看了,现在发现林菲菲更胜一筹!"苏小小的脸上难掩兴奋的表情。

莫名其妙躺枪的夏知微白了一眼苏小小,想要争辩什么,可话到嘴边又咽了下去。

李笑鸽正想着如何跟林菲菲打招呼,后排的几个女生已经看到了她,跑过来纷纷将她围住。

"笑鸽学姐,你怎么有时间回来啊?"

"对啊对啊!老师们都说,你考上的是最好的学校,让我们都以你为榜样呢!"

见李笑鸽在这里如此受欢迎,苏小小忍不住撞了撞她的胳膊,小声说道:"没想到你还是学校里的红人啊!"

李笑鸽因为这句话脸红起来,而这时,林菲菲也发现了她们三个人的存在。

"菲菲姐。"李笑鸽率先打招呼。

林菲菲冲她笑了笑,而后眼神移到了夏知微的身上。

"知微?"林菲菲站起身,身姿轻盈地走了过来。

"菲菲姐。"夏知微的笑容有点儿局促,毕竟好久没见,此时的她竟然有些不知所措。

"你怎么会来这里?我这段时间忙得喘不过气,好几次想要去找你玩,都被经纪人给拦住了。"林菲菲拉过夏知微的手,开心地说。

苏小小见两人这么熟悉,禁不住张大了嘴巴。

"菲菲姐,夏知微这次是专程来找你的。"李笑鸽说出了这次行动的主要目的。

林菲菲盯着夏知微,像是确认一般:"真的吗?"

夏知微点点头:"嗯,我有事想要找你帮忙。"

闻言,林菲菲将她拉到自己身边,然后对一旁的学生说:"孩子们,我跟这个小姐姐有点儿事说,待会儿再来找你们玩哦。"说完,就拉着夏知微走出了教室。

5

两个人在教学楼附近的小花坛坐下。

一如初见时的模样，林菲菲并没有因为爆红而沾染让人讨厌的商业气息，而是如以前一样，干净清新，让人觉得舒服而容易亲近。

"知微，我听说你爷爷生病了，这是真的吗？"林菲菲率先开口，神情有些担忧。

夏知微点点头，眼神黯淡："嗯，现在还在医院昏迷不醒，医生说危险期已经过了，只是不知道什么时候能够醒来。"

听到这个消息，林菲菲叹了一口气，愧疚地说："这些日子你一定不好受吧？对不起，我的工作行程排得太满，一直没有机会去看你。"

夏知微冲她微微一笑："没关系，我相信爷爷一定会醒过来的。他之前忙于公司事务，每天都被一些乱七八糟的事情搞得焦头烂额，说不定他现在是想趁机休息一下，才一直不肯醒过来。"

见夏知微并没有因为这些事情而情绪低落，反而如此乐观，林菲菲不由得松了一口气，露出舒心的笑容："你啊，真是一点儿都没变，跟我第一次见到你的时候一样，还是那么坚强乐观。还记得那时一个工作人员欺负我，你帮了我之后跟我说，让我一定不要气馁，还说这个世界上任何事情都会有圆满的结局，如果没有，那就说明还没走到最后。"

听到这句久违的话，夏知微长舒一口气，感慨道："你不说我都忘记了，那句话还是爷爷告诉我的呢。"

"你爷爷是个很好的人，才会有你这样优秀的孙女，所以，我也相信，你爷爷一定会很快醒来的。"说完，林菲菲像是突然想起什么似的，"对了，你刚才不是说有事情要找我帮忙吗？是什么事呢？"

一经提醒，夏知微才想起自己来这里的真正目的，她看向林菲菲，小心翼翼地问："你打算什么时候回去工作啊？"

"嗯？"被这个问题问得有些疑惑的林菲菲看着夏知微，"你为什么会突然问我工作上的事情？难不成是我的经纪人找过你？"

夏知微连连摆手："不是，不是，是我自己要来的。"

"我还没想好呢，最近太累了，我就是想任性地休个假。"

林菲菲话音刚落，夏知微的脸顿时垮了下来。

见到她这副模样，林菲菲忍不住笑了起来："哈哈，逗你玩的，你放心，我不会任性太久的，怎么了？你是有什么重要的事情吗？"

提到嗓子眼里的心终于放下的夏知微缓缓开口："我是想问《蔷薇花开》这部剧你打算什么时候回去开拍？我和导演打赌，如果我能把你叫回去拍戏，他就让我一个朋友的妈妈演其中一个角色。"

"原来是这么一回事。"林菲菲的眼睛因为笑容弯弯的，看起来十分可爱。

夏知微郑重地点了点头。

林菲菲站起身，从包里拿出手机，拨通了一个号码。

电话几乎被瞬间接通，传来一个焦急而殷勤的声音。

"菲菲啊，你去哪里了？我们可是为了等你都停拍了一天呢。"

林菲菲将手机拉离耳朵一段距离："我明天就回来，你答应夏知微的事情也一定要做到哦！"

"好的好的，那我们明天见啊，你有什么喜欢的……"

话还没有说完，林菲菲就已经挂掉了电话。

事情就这样轻而易举地解决了，夏知微难以置信的同时又有些

第五章 乌云背后肯定会有幸福线

激动:"太感谢你了菲菲姐!"

"别跟我客气,这个导演一直狗眼看人低,我刚出道的时候,他对我可凶了,现在,哼!"

难得见林菲菲这副小女孩般的模样,夏知微忍不住笑了起来。

林菲菲也有些不好意思,连忙转移话题:"好了,事情解决了,我们回去跟孩子们一起玩吧。"说着,拉起夏知微的手就朝教室走去。

和这些单纯可爱的孩子在简陋的教室里做游戏,时间似乎比以往过得快了许多。

回学校的途中,夏知微靠着车窗,回忆起那些美好的笑容,总觉得有些恍惚。

以往她的世界里什么都是最好的,以至于她从来都不用为任何事情发愁。可今天与那群孩子相处的过程中,她才意识到原来自己忽略了很多东西,比如村庄的自然纯净,比如那些孩子纯真的笑脸。

原以为爷爷生病住院,她会像断线的风筝一样失去最重要的依靠,没想到她却在独自飞翔的过程中学会了独立和坚强。

第一次住宿,跟不认识的人同住一个屋檐下;

第一次吃路边摊,不仅没有排斥,反而觉得意外地好吃;

第一次搭小电摩,本以为会紧张得大气不敢出,没想到却安心地睡着了……

这一切的一切都是以前的她不曾体验过的。

想到这里,夏知微的嘴角不自觉地弯起一个弧度。

沐星澜那张好看的脸不知何时悄悄地钻入了她的脑海,她甩甩头,努力将他的身影从自己的脑海里挥赶出去,谁让这个家伙一直不看好自己呢?

李安琪一大早就拿着衣服在镜子前比画，昨天接到导演组的通知，让她去剧组试戏，这对她来说简直是再令人激动不过的事情，没想到这个夏知微还是挺有能力的。

李安琪很开心，总而言之，这件事总算尘埃落定了，为此，她睡了个美美的觉，还早早起床开始收拾自己。以至于她敷着面膜，对着镜子摆造型的样子吓了打算去上学的沐星澜一跳。

"你这孩子，用得着这么大惊小怪吗？"

沐星澜从冰箱里拿出一块面包狠狠咬了一口："当然奇怪了，从没见你起这么早。"说完，就叼着面包背着书包跨上单车朝学校驶去。

一路上，沐星澜总感觉今天的天气格外好，湛蓝的天空，棉花糖似的云朵，往常不过是稀松平常的景色，不知道为什么今天看起来格外好看。

这样的好心情一直持续到放学回家，当夏知微推开自己家的店门，说自己是来上班的时候，他的眼里流露出从未有过的惊喜。

"我说过我是不会放弃的。"夏知微直直地望进沐星澜的眼睛，目光坚定而明亮，"以后我们不仅是同学，还是同事了，请多多关照。"

她说得一本正经，沐星澜看着她，第一次没有抑制住自己嘴角的笑意，点了点头。

以白色和蓝色为主色调的小店中，风扇轻轻地摇晃，夕阳的余晖洒满整个屋子，路过的两只小鸟在地面上停留片刻，倏然飞走。

"咔嚓"一声，沐绍明切开一个红瓤的西瓜。

夏天就这样悄悄靠近了……

第五章 乌云背后肯定会有幸福线

第六章 成为敌人是因为曾经带着爱

1

你有没有闻到过夏天的味道?

每一个白昼和夜幕交替的黄昏,当鹅蛋黄一般的金色日光沿着地平线下沉时,那专属于夏天晚风的味道就会一点点地钻入鼻尖。

如果你刚好走在路上,或许可以尝试着停下来,闭上眼睛,细细地品味夏天的风。

以前,夏知微并不知道人可以细致到区别出每个季节的风有什么不一样。

直到那天——

送完所有外卖以后,沐绍明端着一盘冰西瓜放在门口的木头小桌子上,沐星澜拿起一块递给她,两个人玩起了谁将西瓜子吐得比较远这种无聊的游戏。夏知微原本很嫌弃这种有点儿幼稚的游戏,可看到沐星澜认真投入的模样,还是忍不住加入进去。

正当她沉浸在这个游戏中时,沐星澜突然碰了碰她的胳膊:"停一下。"

夏知微仰起头,一脸疑惑地看着他。

"闭上眼睛。"沐星澜说。

夏知微立马警惕起来,不知道他葫芦里卖的什么药。

"按我说的做,闭上眼睛。"沐星澜依旧是一副神秘兮兮的模样。

夏知微有些不情愿,但还是闭上了眼睛,就在这时,她的耳边传来了沐星澜大提琴般低沉的声音:"脑子里什么都不要想,闻一下晚风的味道,每天这个时候,风的味道都是不一样的。"

夏知微按照沐星澜所说的抬起头,静静地感受夜晚的静谧。相比白天的燥热,夜晚的风多了一丝凉意,小巷退去了白日的喧嚣,路灯一盏盏亮起，风里夹杂着淡淡的香樟树混合着海盐的气息。

城市明明没有海，可奇怪的是，这个时刻的风竟然让她产生了在海边的错觉。

夏知微吃惊地睁开眼，沐星澜则是一副早就料到的表情。

"怎么有种……"她的话还没说完，沐星澜就接过话："海的味道，对吧？"

夏知微点了点头。

沐星澜咬了一口西瓜，悠然地说："我第一次发现这种奇怪的现象，是有一天送完外卖，回家的路上不小心摔倒了，因为太累，便坐在路边休息了一会儿，闭上眼睛的时候，突然发现这个时候风的味道特别好闻。"

沐星澜说这话的时候，眼睛直直地看着远方，俊朗分明的脸上，长长的睫毛微微颤动，漆黑的眸子里闪耀着温暖又迷人的光泽。随后抬起修长的手臂，将西瓜皮不偏不倚地投进了垃圾桶里。

似乎对自己的精准"投篮"十分满意，沐星澜的眼睛里散发出兴奋的光芒，他侧过头看了一眼夏知微，正撞进夏知微慌乱的眼神里。

夏知微有些羞窘，她刚才一直盯着沐星澜的侧脸看，突然被他撞见，便不好意思地低下头，盯着鞋尖，想要掩饰自己泛红的脸。

在小吃店工作的这段日子里，与沐星澜接触越多，她就越发现他跟自己以前想象中的一点儿也不一样。

退去了传说中富家公子哥的光环，沐星澜平凡的家庭背景并没有让他减分，反而大大地加分。即便是最普通的工作，他一举手一投足间总是散发着不一样的光彩。

而且，随着两人熟悉程度的加深，夏知微发现，沐星澜并不像自己之前所认为的那样沉默寡言，冷漠装酷，很多时候，他善良、有责任心,会给路边的流浪猫放猫粮,也会帮老奶奶提东西。他聪明、有幽默感,学校的作业基本没有他不会的,随便一道习题都能举一反三,连夏知微这样的学霸,都对他的学习能力表示佩服。

他很喜欢笑,有时候也会不好意思,笑起来的时候眼睛闪亮闪亮的,像清晨森林里的小鹿。很多时候,他也喜欢跟夏知微来一些无关痛痒的小恶作剧,得逞时努力憋笑的样子让夏知微很想揍他一拳,可最终还是收回了手。

在这样的打打闹闹和说说笑笑中,时间一天天地过去了,小吃店的生意不算好也不算坏,每天收工时,沐绍明会心情很好地哼上一两首小曲,李安琪每天穿得花枝招展地从片场回来,似乎对新角色很是满意,尤其是最近,不知道是不是角色戏份加重了,她脸上流露出的喜悦比以往更多。沐星澜会在每个下班的夜晚给夏知微烧上一份自制的咖喱猪排饭。

享受着在小吃店的时光,夏知微渐渐把家族的纷争抛在脑后,直到手机里传来苏小小的短信。

短信的内容很短,惊叹号比字的内容还要多,相信发送这条短信的苏小小内心情绪一定很强烈。

短信内容是——

"夏知微,林佳茉回来啦!"

2

夏知微所在的私立高中的学生大部分都是从这所高中直属的初中直升上来的,所以学校里的大多数同学对夏知微和林佳茉这些年的纠葛一清二楚。

两个人从初一的时候就开始比拼,从争抢谁是学校的优秀主持人和优秀团干部到最佳风采女生,每一年的圣诞晚会,两个人的着装一定会是大家讨论的焦点。

对夏知微而言,这些东西她并不怎么在乎,可架不住林佳茉每次都非要和自己比拼,她素来要强,怎能被林佳茉的气势压下去,便也燃起了斗志。就这样,两个人有意无意地把对方当作假想敌,竞争了好几年。一年前,也就是她们初三那一年,林佳茉因为又一次在评选最佳风采女生时输给了夏知微,回家被姑姑骂了一顿后,毅然选择了出国进修。

原本以为只会在寒暑假见到她,没想到她竟然提前回来了。

很快,学校贴吧以及同学们的议论话题就变成了夏知微与林佳茉这两个世纪大敌之间的恩怨情仇。

夏知微早上刚从宿舍走出来,就感受到了几个女生对她投来的异样的眼光。

"真是风水轮流转啊,以前都是夏知微吊打林佳茉,没想到现在完全颠倒过来。"

"这就证明了父母的重要性,如果夏知微的父母还在世,她肯定不会是现在这样。"

这些话本来不会影响到夏知微,可一听到她们提及自己的父母,她就有些无法忍受了。

她加快步子想要追上去,一旁的苏小小看出她的意图想要拉住她,可刚伸出手就被她甩开了。

夏知微冲到那两个女生面前,义正词严地说:"没有人告诉你们在别人背后议论是很没有礼貌的事情吗?如果有镜子的话,还请你们去照一照吧,讲人坏话的时候脸看起来真的很丑!"

被责骂的两个女生瞪着夏知微,气得脸红一阵白一阵,正想回击,李笑鸽不知何时挪到了夏知微的身边,像一座高大的山一般守在她的身边,给人一种沉重的压迫感。

那两个女生是知道李笑鸽在学校里的事迹的,她们同其他人一样惧怕这个大高个女生,只好愤愤地离开。

等那两个女生走远,苏小小一把拉住夏知微:"你疯了吗?这两个人可是学校论坛的负责人,你刚刚那样说话,她们肯定不甘心,说不定会去贴吧发帖黑你!"

夏知微一副不以为意的样子:"喜欢黑就让她们去黑好了。"

"你这样很容易吃亏的,现在贴吧里的人对你本来就没有那么善意。"苏小小开始苦口婆心道,"再说了,你今天要是碰到林佳茉,打算怎么办啊?"

"有什么怎么办的?又不是没见过。"夏知微脸上的表情并没有什么起伏,她波澜不惊地看着两人,"我去科技馆有点儿事,你们先去教室吧。"说完就快步离开了。

看着夏知微的背影,苏小小叹了一口气,扶着李笑鸽的肩膀感叹道:"你说,是不是长得好看的人都容易被人误会啊?"

李笑鸽像看白痴一样看着苏小小:"你问我?"

苏小小垂下头:"算了,我和你都不会有这样的烦恼……"

夏知微一到科技馆就径直去了标本收藏室,取出一会儿实验课要用的植物标本。她拿着装有标本的盒子朝教学楼的方向走去,刚走到交叉路口,就看到被一群女生簇拥着的林佳茉。

许久不见,林佳茉发生了很大的变化,她的头发更长了,微卷的头发在头顶扎了一个可爱的蝴蝶结,其余的发丝则垂在肩头。白皙圆圆的脸上挂着一层淡淡的红晕,像傍晚的烟霞,看起来甜美又可爱。浓密的睫毛下有一双明亮的眼睛,唇角两侧各有一个浅浅的梨窝,是那种偶像剧里一眼就能吸引所有人目光的甜美女主角气质。

"表姐好。"林佳茉看见夏知微,甜甜地喊了一声。

夏知微今天扎着清爽的高马尾,刘海细细碎碎地落在脸颊两旁,黑色印花字母 T 恤搭配着白色的百褶裙,整个人显得干净又清新。

"你好。"夏知微冷冷地回了一句,就抱着标本继续朝前走。

"见我突然回来,你怎么一点儿也不意外啊?"林佳茉问。

夏知微加快脚步,没有回答她,因为她早就猜到林佳茉回国必定是姑姑的意思,所以丝毫不感到意外。

林佳茉甩开她的同伴追上夏知微,一股脑地甩出一堆问题:"夏知微,你走那么快干吗?难不成你还想躲着我啊?我妈说你从家里搬出去了,你现在住在哪里呢?我听她们说你住宿舍了,真的假的?还有,你的信用卡是不是都被我妈给冻结了?那你靠什么生活啊?"

夏知微一直加快步伐,就是不想回答她的这些问题,可林佳茉丝毫没有放弃的意思。

"你干吗不回答我的问题?我妈很着急地让我赶回来,没想到一回来发现整个世界都变了。外公住进了医院,我妈也变成了公司的执行人。你呢?我妈说你是自己搬出去的,到底是怎么回事啊?"林佳茉一边跟上她的步伐,一边喋喋不休地追问着,"还有家里那个许眉以及那个病恹恹的女生夏颖都是些什么人啊?跟咱们家有什

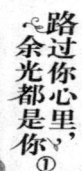

么关系吗?"

林佳茉就像一架机关炮似的,"突突突"地一直在夏知微的耳边轰炸。夏知微实在受不了了,她停下脚步,扭过头来对林佳茉吐出了四个字:"我不知道!"说完,再次将她甩在身后。

这一次,林佳茉没有追上去,而是望着夏知微的背影若有所思。

3

利用课余活动时间,林佳茉登上了校园贴吧。

已经很久没有回家的她突然被妈妈叫回国,又经历了家中的种种变故,她现在的脑子里只剩下一堆问号。

她打开娱乐版块,一眼就看到了那则被置顶的有关夏知微被赶出家门的最热门的帖子。

帖子里图文并茂地记载了夏知微离家的全过程,林佳茉划动手机屏幕,将页面一点点往下拉,脸上的表情越来越震惊。她一直以为这些事情不过是谣言,现在看来夏知微的离开并不像妈妈说的那么简单。

看完这则置顶的帖子,她还注意到,有一则帖子的浏览数和回复数量是目前为止最高的,她忍不住点了进去,发现里面记录的都是夏知微的生活日常。有她在宿舍起床的样子,刷牙洗脸的样子,熬夜做复习题的样子,还有她在操场跑步的样子,体育课上打排球的样子……

如此详尽的记录,让林佳茉产生了一瞬的错觉,好像她从来没有离开过,没有缺席夏知微的生活。

这样的感觉让她继续一页一页地往下看,但越看越发现似乎有哪里不对劲儿。

她细细地整理了一下时间线,发现一个月前帖子里记载的夏知微的日常生活基本上都有完整的时间线,比如早上起床,中午吃饭,放学以后去图书馆看书或去排球室打球。

可最近,放学以后的夏知微在帖子里消失了,直接过渡到睡前复习功课的环节。

那么问题来了,放学后的这段时间,夏知微去了哪里?

发现了这个问题,林佳茉的脸上露出一抹得意的笑容,她盯着手机屏幕,信心满满地说:"哼,我一定会找到答案的!"

放学铃声响起,夏知微背起书包就往小吃店赶,刚走到公交站台,手机里就传来一条苏小小的短信,她邀请夏知微一起去排球室练习,顺便帮她拍几组照片。

这样的邀请苏小小已经发起好几次了,自从在小吃店打工以后,夏知微的日常生活除了学习就剩下打工,图书馆和排球场这种课余活动,她已经好久没有参与过了。

要是以前,她肯定觉得这样的生活太辛苦了,可现在,她非但不觉得辛苦,反而觉得非常充实。

她给苏小小回了短信,说自己还有事要忙,让她自己去吧,刚发完短信,公交车就来了。

为了省钱,夏知微这段时间一直坐公交车,刚开始的时候很不习惯,拥挤的人群,燥热的空气,她一上车就恨不得从车窗跳下去,或者拿枚导弹把自己发射出去。但现在,不管车厢里有多拥挤,她都习以为常了。

上了车,夏知微塞上耳机,沉浸在自己的世界里,丝毫没有注意到她的身后有一个鬼鬼祟祟的身影正在盯着她。

那身影不是别人,正是戴着粉红色口罩的林佳茉,因为不习惯公交车上的味道,她紧紧地挨着窗户,试图呼吸窗外的新鲜空气。

要不是想弄明白夏知微放学以后到底去了哪里,她是绝对不可能坐公交车的。

这种普通大众的交通工具总有一股奇怪的味道,特别拥挤不说,还走走停停一路颠簸,让她的胃很不舒服。

前方亮起红灯，公交车突然刹车，林佳茉胃里一阵翻涌，险些吐了出来。

旁边一位坐在椅子上的阿姨见她脸色有些发白，还戴着口罩，刚才又像是想吐的样子，以为她身体不舒服，便关切地问道："小姑娘，你是不是不舒服啊？"

林佳茉的视线全都在夏知微身上，丝毫没有注意到有人在跟自己说话。

阿姨以为林佳茉是难受得不想说话，便直接站起身："小姑娘，你要是身体不舒服就来阿姨这里坐一会儿吧。"说完，就硬拉着林佳茉让她坐在自己的位置上。

林佳茉这才反应过来，惊吓的同时又有点儿不好意思，连忙摆手："不用不用，我没有不舒服。"

"你不用不好意思的，平常都是你们年轻人给我们让座，可你们也有不舒服的时候不是？"

说完这句，阿姨又补充道："更何况我还有一站就到了，车里也没有什么小孩儿和老人，你不舒服的话过来坐一会儿，说不定会好一些。"

阿姨的热心让林佳茉有点儿招架不住，她顶着众人关切的目光坐到了阿姨的那个位置上，虽然舒服了许多，但感觉如坐针毡，浑身都不自在。

她的脸也迅速地红透，像一颗熟透的苹果。她刚才还在嫌弃这种大众交通工具以及乘坐公交车的人，现在为自己的想法感到十分羞愧。

可她很快就记起自己此行的目的，于是继续透过人群观察夏知微。

原以为刚才的小插曲会让夏知微注意到自己，可埋头听歌的夏知微根本没有注意到车厢里发生的事情。

十几分钟后，夏知微下了车，林佳茉也匆匆跟了上去。穿过一条狭窄却意外干净整洁的小巷后，夏知微钻进了一家挂有红色风铃的小吃店。

林佳茉站在小吃店的门口，头顶挂满了大大的问号。

夏知微……是来这里吃饭吗？

不对啊，明明很小的时候爷爷就不准她俩在外面吃东西，说是不干净。有一次，她因为偷吃臭豆腐被爷爷发现了，要不是夏知微挡在她的面前说是自己想吃，她估计会被爷爷骂死。

想到这里，林佳茉的眼里闪过一丝失落。

其实小时候，她和夏知微两个人还是有过亲密的时光的，那时，她刚搬到爷爷家，陌生的环境里，是夏知微一直陪着她。

只是随着两人慢慢长大，不知从什么时候起，夏知微成了她想要超越的对象，尤其当妈妈什么都拿自己同她做比较的时候，她就越发与她疏远，甚至做了些伤害她的事情。就这样，两个人越走越远，甚至演变成现在大家公认的死对头。

从回忆里清醒过来的林佳茉偷偷探身朝小吃店里望去，可让她疑惑的是，小店里没有一个人，刚刚走进去的夏知微也不见踪影。

想要一探究竟的林佳茉蹑手蹑脚地走进店里，并四下张望起来。

这家小店几乎没有什么装修可言，白色的墙壁，原生态的水泥地，透明玻璃窗包围的操作台还有油锅，里面整整齐齐地摆放着食材：乌冬面，切好的火腿肠，洗干净的青菜。

如果夏知微不是来吃东西的，那会是来干吗的呢？

林佳茉正在心里推测，身后突然传来一道清澈的少年的声音。

"干吗呢？"

被吓了一跳的林佳苿条件反射地朝一旁躲去,没想到一个趔趄,整个人撞在旁边的桌子上,桌上放着一盘红色的辣椒酱,因为撞击,不偏不倚正好落在她的裙子上,随后从膝盖处滑落,"哐当"一声掉在地上。

这声响惊动了正在厨房帮忙的夏知微和正在择菜的沐绍明,两人从后厨冲出来,就看见林佳苿狼狈地站在原地,而刚回来的沐星澜则是一脸惊讶地看着她。

"这是怎么回事?"沐绍明拿起拖把,开始清扫地上的脏物。

而夏知微在看到眼前的女生是林佳苿时,难掩眼里的惊讶,惊呼道:"林佳苿?"

林佳苿为自己目前的状况感到羞窘,不由气恼地说:"夏知微,你怎么会待在这个地方?"她说"这个地方"的时候,语气中带着明显的嫌弃,这让旁边一直沉默不语的沐星澜有些不高兴。

"就算是我妈把你赶出来,你也用不着来这里啊,要是爷爷醒了,非骂死我妈不可!"

林佳苿一边说,一边拿着纸巾小心翼翼地擦拭裙摆和腿上的辣椒痕迹,可擦了很久,那些油渍始终擦不掉,让她顿时有一种想要掀桌子的冲动。

夏知微没有正面回答她的问题,而是沉着脸问:"你在跟踪我吗?"

林佳苿擦拭油渍的手微微一顿,既没有承认,也没有否认,只沉默着。

夏知微心下了然,虽然不知道林佳苿一直跟着她的真实目的是什么,但她打心底不想让她在这里久留,不管是出于对她的敌意,还是强烈的自尊心。

第六章 成为敌人是因为曾经带着爱

拿出一包湿巾递给林佳茉，夏知微说："收拾得差不多了就赶紧回家吧。"

林佳茉被夏知微冷漠的态度气到了，她抬起头来愤愤地说："你以为我想在这里多待吗？也不看看这是什么破地方，全身都脏死了！我这就让张叔来接我！"

说着，她拿出手机，拨通了司机的号码，哪知电话刚接通，就被夏知微一把抢了过去，然后挂掉了。

"你干吗？不是你让我回去的吗？"林佳茉有点儿急眼。

夏知微把手机塞进林佳茉的书包里："不要让司机来接，我不想让你妈知道我在干什么。"

她的语气沉静而严肃，再加上她与生俱来的强大气场，林佳茉下意识地妥协了，却还是气得直跺脚："不叫司机，那你要我怎么回去？我不想坐公交车，的士我也坐不惯，难道你要让我走回去吗？"

看着气急败坏的林佳茉，夏知微无奈地叹了一口气，这大小姐的脾气真是丝毫没有改变。

她不由得想到了以前的自己，也同她一样娇惯、任性，对于自己看不上的事物总是嗤之以鼻，一副高高在上的模样。现在想来，这样的脾气真的很令人讨厌。

一旁的沐绍明见夏知微有些为难，便对自己的儿子说："小星，要不你骑车送这个小姑娘一下？"

沐星澜接收到这个命令，一脸的不开心，他还在意着林佳茉刚才对自家小吃店的评价——破地方。

这间小吃店是他和父亲辛辛苦苦经营的，虽然母亲一直看不上它，多次提出将店关了，但他们还是坚持了下来。他对这间小店有着很深的感情，所以在听到有人说它"破"，还很嫌弃它时，他的心里还是有些不爽。

这边,沐星澜在犹豫着要不要送林佳茉,那边,沐绍明又催促了一声。他只好压制住心中不满的情绪,跨上车对林佳茉冷冷地说:"走吧。"

林佳茉虽然心里很不情愿,但也没有别的办法,便勉为其难地坐上了沐星澜车的后座。

"喂,你骑慢点儿啊!"林佳茉叮嘱道。

沐星澜没有说话,只是闷头骑车。

林佳茉坐在后座,一路上叽叽喳喳地说个不停,一会儿让沐星澜注意行人,一会儿又让他躲避过往的车辆。

沐星澜皱着眉头,不断地告诫自己要忍耐。

林佳茉丝毫没有察觉到沐星澜的不耐烦,她盯着他的背影,突然发现他像极了帖子里的那个男生,便惊呼起来:"你就是照片里和夏知微撞到的那个男生?"

一个突然的急刹车,让林佳茉的头直接撞到了沐星澜的后背上。

"哎哟!"她吃痛地喊了一声。

沐星澜停下车,扭过头来一字一顿地对林佳茉道:"不要再吵了,还有,无聊的八卦,请不要把我带上。"说完又蹬起了脚踏车。

林佳茉被这突如其来的训斥弄得一头雾水,呆愣了半天才反应过来。

若是换作别人敢用这种语气跟她说话,她早就生气了,但不知为什么,这次却气不起来。

周围的景物在快速倒退,风携着淡淡的花香扑面而来。

林佳茉仰着头看着沐星澜的侧脸,有那么一瞬觉得他真的很帅气。

第六章 成为敌人是因为曾经带着爱

听说这个男生是学校里的风云人物，与那些直升高中部的学生不同，他是凭借优异的成绩考上这所高中的人，还是击剑队的。虽然与同学们口中所说的多金小王子有些不同，但看起来人不错，就是性格冷漠了些……

在这样的遐想中，林佳茉觉得路边的景物忽然亮丽起来。

4

其实从苏小小发消息告诉她林佳茉回来以后,夏知微就知道林佳茉一定会阴魂不散地紧跟自己,却没有想到她的行动会这么快。

小吃店打烊以后,夏知微坐在回学校的公交车上,头靠着车窗,看着后退的景物,心里除了疲累还有担忧。

她担心林佳茉将自己在小吃店打工的事情告诉姑姑,更担心姑姑会来这里捣乱……

一想到这里,夏知微的心里就充满了惆怅,以至于差点儿坐过站。从公交车站急急忙忙跑向宿舍,本想火速洗个澡然后好好睡一觉,可就在快要走到自己宿舍门口的时候,几个女生吸引了她的注意。

穿着各色睡衣的女生们一行有四个人,她们高矮各不相同,唯一相同的是她们的脸上都写满了霸道。

此时此刻,这四个女生围着一个有着齐刘海,看起来非常文静的女生叫嚣,声音高亢又嚣张。

"你就那么喜欢我们宿舍吗?为什么非要赖在我们宿舍不走?"

"是啊,开学的时候就说过了,我们四个要一个宿舍,让你换别的地儿,你就是不肯,非要死皮赖脸地不走,我们四个从初中开始就是最好的朋友,你非要挡在中间。不肯走也就算了,在宿舍还做各种让人看不顺眼的事。"

"就是,我的沐浴露被扔在水池里,不用想就知道是你干的!你还不承认!"

"看起来文文静静、瘦瘦弱弱的样子,其实不知道心眼儿有多坏呢!"

被四个人围攻的女生垂着眼睛,嘴唇轻轻抿着,看起来十分委屈,她微微往后退了一步,像是有意识地闪躲,说话的声音也显得极其无辜:"不是我,真的不是我干的。"

"还狡辩!不是你还能有谁?"

"就是,我们都不在宿舍,不是你还能有谁?"

女生在她们你一言我一语的围攻下显然有些招架不住,哭丧着脸,整个人看起来十分可怜。

正打算回宿舍的夏知微在看到这样的情形后忍不住停住了脚步,并在那几个女生准备开始新一轮进攻时,挡在了女生的面前。

"几个人欺负一个人,有意思吗?"夏知微冷冷地发话。

那四个女生看到夏知微,都感到有点儿意外。呆滞了几秒后,其中那名个头最高,看起来最嚣张的女生说:"夏知微你管什么闲事啊,觉得自己是学校里的风云人物就了不起了是吗?"

"是啊,亏我们几个还在贴吧上帮你说话呢!早知道就不跟帖了。"另一个扎着马尾辫的女生开始在一旁帮腔。

夏知微没有理会二人,直接走到被欺负的女生身边,问:"她们欺负你,你为什么不反抗呢?"

女生的脸红了一阵,低下头没有说话。

"夏知微,我劝你还是不要多管闲事,她可不是你表面上看到的样子,我跟你说,她这个人心机很重的。"高个子女生再次发话。

"是啊,你以为我们是故意欺负她的吗?她背地里可干了不少坏事……"旁边那名穿着粉红色裙子的女生紧接着说道。

夏知微沉默了一下,随后晃了晃有点儿困意的脑袋问四个人道:"你们就这么想住在一起?"

那四名女生忙不迭地点头。

见状,夏知微又看向那个被欺负的女生:"既然她们四个那么想住在一起，你就随她们的意思，自己搬出来呗。"

女生低着头，声音小小的，有些哽咽："我是想搬出来的，可宿舍已经没有空余的床位了……"

"谁说的？"夏知微指了指自己的宿舍，"我们宿舍正好有一个空位，你要是愿意，可以搬过来和我们一起住。"

听到这里，那四个女生都不由自主地倒吸一口凉气。

不知是谁小声嘟囔了一句："谁想要跟李笑鸽一个宿舍啊？"

"就是，就是……"其他三人跟着附和。

本以为那个女生会因为李笑鸽的原因而拒绝，没想到她却抬起头，睁着那双无辜胆怯的眼睛看了夏知微一会儿，然后点了点头。

"好……"

第六章 成为敌人是因为曾经带着爱

5

被夏知微邀请住进宿舍的女生名叫朱瑶,因为名字有谐音,所以从小到大她的外号总是特别刺耳难听。

夏知微原本以为自己让朱瑶住进来的决定有些草率,没想到几天相处下来,大家很快就接受了朱瑶。

就是平时和谁都能嘻嘻哈哈打成一片的苏小小,虽然表面上对朱瑶很友好,但不知道为什么,这次却有些刻意地保持距离。

"我总觉得她看起来让人不舒服。"一大早,在朱瑶早于三人出了门后,苏小小忍不住吐槽道。

李笑鸽听她这样说,给了她一个白眼:"你什么时候从小记者变成算命先生了?"

苏小小吐了吐舌头,讪讪地说:"我就这么一说,你还当真了?不管怎么说,我们宿舍也算是迎来了新朋友,要不要放学后一起吃个饭庆祝一下?"

"你们决定,我都可以。"李笑鸽无所谓地说。

"夏知微,你呢?"苏小小问。

正忙着整理书包的夏知微这才反应过来:"啊,这个恐怕不行,我放学后还有事呢。"

"你最近都在忙什么啊?怎么感觉你每天放学以后就不见踪影了?"苏小小凑到夏知微的面前好奇地问。

夏知微并不想把自己打工的事情张扬出去,便有意回避这个问题:"行了行了,赶紧走吧,快迟到了。"说着,就拉着两人出了宿舍。

尽管知道打工的事情可能瞒不了多久,夏知微依然希望能瞒一时是一时。毕竟打工这件事要是被同学们知道了,影响到的可就不止自己一个人了……

想到这里，夏知微的脑海里忽然闪过这些日子以来一直没有想明白的一个疑问，那就是沐星澜的家庭条件明明很普通，为什么会给同学们留下富家公子哥的印象？

是因为他难得的凭借优异的成绩考上这所贵族高中，还是因为在上次的击剑比赛中拿了全市第一？不过这些好像一点儿说服力也没有啊！

该不会是因为他长得帅吧？

一想到这一点，夏知微就恶寒地摇了摇头，不会的不会的，同学们还没有肤浅到这个地步……

更重要的是，相比这些传言，她更想知道沐星澜内心的感受。

一方面，他似乎并不在意自己家境一般，还帮家里的小吃店送外卖；另一方面，他又不想拆穿自己在同学们心中闪闪发光的形象。

他看起来如此复杂多面，让夏知微很想弄清楚他内心的真正想法。在两人接触的这段日子里，她好几次都想问他，可话到嘴边又咽了回去，毕竟这是人家的私事，自己过问太多似乎有些不妥。

脑子里萦绕着各种各样的思绪，直到放学，夏知微觉得自己的脑袋依旧涨涨的。

像往常一样，她坐着公交车来到小吃店，可眼前的景象却让她无比惊讶。

只见小吃店的门口围了好几个穿着黑色衬衫的男人，他们一个个都是高大威猛的壮汉，手里拿着一桶桶油漆，还有刷子。

虽然不知道他们有什么目的，但光看这架势，就给人一种不祥的预感。

夏知微小心翼翼地靠近小吃店，只见沐叔叔耷拉着脑袋，被这

第六章 成为敌人是因为曾经带着爱

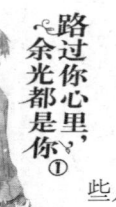

些人围在中间,样子看起来既悲伤又无奈。

"沐叔叔!"夏知微第一反应是这些人是来找小吃店的麻烦的,便想也没想直接冲到沐绍明的面前,冲那些黑色人喊道,"你们是什么人?想要干什么?"

穿着黑色西装的男人压根没把夏知微放在眼里,其中一个染着黄头发的人直勾勾地盯着沐绍明,恶狠狠地说:"快让李安琪出来,欠我们的钱不还的话,就别怪我们对你和你的店不客气了!"说完,他们整齐划一地把手里的油漆桶砸向店里,很快,刚才还干净整洁的小店就被弄得一片狼藉。

"你们!你们!"夏知微气得直跺脚,"我要报警,你们这是犯法!"

听到报警两个字,金色头发的男人直接走到夏知微的面前,阴阳怪气道:"小姑娘,这里没你什么事,我劝你最好不要多管闲事!"

以夏知微的性格,自然是不肯轻易妥协的,正准备反驳,沐绍明挡在她的面前,用恳求的语气对那些人说:"请你们不要伤害她,她还是个小孩子。"

金发男人露出不耐烦的表情:"今天算是一个小小的警告,要是过两天李安琪还不还钱的话,就不只是泼油漆这么简单了。"说完,就带着那帮人扬长而去。

看着那群嚣张的背影,又看了看狼藉的小店,夏知微气得双眼发红。

"知微,你今天不用来上班了,先回学校好好休息吧。"沐绍明一脸憔悴地对夏知微说。

夏知微摇了摇头:"这怎么行?店里出了事,我一定要留下来帮忙。沐叔叔,这是怎么回事?那些人为什么要找李阿姨?"

沐绍明无奈地叹了一口气，心中像是有着无限的惆怅。

就在这时，沐星澜骑着自行车回来了，一看到爸爸和夏知微都是一脸沉重的模样，心里闪过一丝不祥的预感。他快步走向两人，却在看见被各种颜色的油漆弄得一塌糊涂的小店时，整个人都愣住了。

"这是怎么回事？"沐星澜又急又气。

沐绍明颓然地坐在一旁，没有说话，只是不停地叹气。

沐星澜更加着急，快步走到他的面前："爸，你说话啊！"

沐绍明看着沐星澜，眼神里有抱歉也有愧疚，过了好久，他缓缓开口："小星啊，我们这个小店可能保不住了……"

听到这话，沐星澜整个人呆在原地。

"为什么这么说？是发生什么事了吗？"他的声音有些颤抖。

夏知微也忍不住问："是啊，沐叔叔，这究竟是怎么一回事？"

在两个人的追问下，沐绍明终于开口："你妈妈不知道什么时候跟高利贷的人借了很大一笔钱，刚才那些人就是来要债的。他们说了，如果不能在规定的时间内还钱，就把这间店当作利息抵给他们。"

"妈妈为什么要借钱？她人呢？"沐星澜问。

"我给她打电话还没打通，不管她出于什么原因借钱，现在高利贷找上门已经成了事实，那么大一笔钱，相当于我们这个小店好几年的收入，我们是不可能一下子就还清的。"说到这里，沐绍明将头埋在手掌里，整个人看起来颓丧极了。

听了这些的夏知微也感到很难过，她不知道该说些什么来安慰他们。这个霞光漫天的黄昏，本应是一天当中最美好的时刻，可现在却披上了一层雾蒙蒙的悲伤。

那个曾经告诉自己，一天当中这个时刻的风最好闻的男生此刻眉头紧锁，漆黑的眸子像是被雾气环绕。他沉默着，一言不发，似乎在极力克制住内心即将喷涌而出的悲伤。

夏知微轻轻地叹息一声，胸口也萦绕着一股复杂的悲伤情绪。

这个世界的不确定性实在太多，本以为生活终于可以归于平静，可偏偏在最快乐的时候又掀起波澜。

她转过身，想要拍拍沐星澜的肩膀，给他一点儿力量，却在转身的瞬间，视线捕捉到一抹熟悉的身影。

那个身影鬼鬼祟祟地躲在角落，似乎在窥探着事情的进展。那眼神，那姿势，都是那么熟悉，却又让人不敢相信……

第七章 因为是朋友所以才会伤心

1

"怎么了?"

沐星澜见她整个人突然愣住了,觉得有些奇怪。

夏知微没有回答沐星澜,在与那个眼神对视后,她突然有种不好的预感。而那道身影的主人也在被夏知微发现后显得有些惊慌失措,她的眼神开始闪躲,最后竟拿着手里的相机一溜烟跑掉了。

"喂!"看着她匆匆逃跑的背影,夏知微没忍住大喊出声。

沐星澜的视线也随之看向那个逃跑的背影。

"是谁?"沐星澜好奇地问。

夏知微刚想去追,却在看到店里的一片狼藉后又停下了脚步。她失落地告诉沐星澜:"是苏小小。"

听到这个名字,沐星澜忍不住皱了皱眉头:"那个学校里很有名的八卦小记者?"

夏知微点了点头:"可能是因为我这些日子一直躲着她,她今天才专程跟着我的吧……"说完,她看向沐星澜,表情有点儿担忧,"她刚刚好像拍了我们俩在一起的照片,要是被她发了出去,你会不会觉得很烦?"

沐星澜沉默了几秒,然后不以为意地说:"随她吧,反正早晚都会被知道,又不是什么大不了的事情。"说完就转身回到店里,开始打扫起来。

夏知微望着沐星澜的背影,瞬间竟产生了一种想要保护他的想法。

她知道这个想法有点儿可笑,毕竟她现在也是自身难保。可是,或许是看到了沐星澜太多不为人知的不易,所以总希望他的世界里可以少一些忧伤和无奈,多一些快乐和轻松。

夜幕降临，沐星澜和沐绍明拿着抹布和拖把开始清理小店。

夏知微走进店里，拿起桌上的抹布："我也来帮忙啦！"

沐星澜抬头看了一眼夏知微，一贯冷漠的脸上舒展出一抹柔和。

一直忙到夜色渐深，小店才在三个人的配合下稍微恢复到之前的样子。

夏知微看了看手表，这才发现离宿舍关门只剩下半个小时，她一把抓起书包，准备快速跑到公交车站，看看还有没有最后一班车，可沐星澜已经跨上了他的小电摩并把头盔递向了她。

"我送你吧，应该没有车了。"沐星澜说。

相比于第一次坐车的紧张，夏知微已经习惯了小电摩的速度，她接过头盔径直跨上后座。

"抱紧点儿。"沐星澜说完发动车子，一个油门加速开了出去。

短短几个字，不知道是因为头盔太闷了，还是因为今天的温度有点儿高，夏知微觉得自己的脸颊热热的，她没有听从沐星澜的话抱上他的腰，而是用手轻轻抓着他的衣角，心上像是落了一片柔软的羽毛，酥酥麻麻的。

小电摩在昏暗的小巷中穿行，因为走的是小路，没有来往的人群和喧嚣的车辆，整个世界仿若静止，只有他们两个人，以及满是星星的夜空。

风掠过衣角和裙摆，夏知微庆幸有这么一个厚重的头盔，可以藏起自己总是不自觉扬起的笑意。

空气里有栀子花甜甜的味道，原本长长的一段路程突然变短了。时间真是一个很奇妙的东西，有的时候无比漫长，有的时候却又显得无比短暂。

等到了学校，夏知微将头盔还给沐星澜，发丝飘扬在风中，给

她添了一丝凌乱美。

沐星澜看着她,叮嘱道:"今天辛苦了,回去早点儿睡吧。"说完,跨上车打算离开。

夏知微站在原地,她知道,今天发生的事情对沐星澜的打击不小,李阿姨要是摆不平高利贷的事情,小吃店的状况确实堪忧。

想到这里,她的眉头紧紧锁起,冲沐星澜的背影喊道:"沐星澜。"

并没有走太远的沐星澜听到喊声回过头,有些疑惑,却听夏知微又喊了一句:"一切都会好起来的!"

心底某个冰冷的角落响起一阵破冰的声音,连他自己都没有察觉他的眼里闪过一抹不易察觉的柔和。他没回应,只是冲她挥了挥手,然后骑着车快速离开。

直到沐星澜的身影消失在自己的视线里,夏知微才转身朝着宿舍的方向跑去。风掠过耳边,她在心里暗暗做了一个决定:既然无法帮忙解决小吃店的事情,那么学校里的事情,她一定不再让他为难。

这样想着,夏知微回到了寝室,第一件事情就是找苏小小,正要问李笑鸽朱瑶苏小小去了哪里的时候,就见苏小小捧着电脑背着相机从门外走了进来。

看到夏知微,苏小小脸上的表情僵住了。

"你跟我出来一下。"等苏小小把电脑和相机放下以后,夏知微拖着她出了宿舍。

宿舍外面的走廊上,苏小小垂着头,一副做错事的模样。

"你刚才是在跟踪我吗?"夏知微问。

苏小小不敢和夏知微对视,心里也知道自己错了,便低着头没有说话。

"你跟踪我,我已经习惯了,只是你刚刚拍到的照片,可不可以不要发出来？"夏知微说这句话的时候用的是恳求的语气。

苏小小惊讶地抬起头，神情似乎有些纠结，她咬着嘴唇，眼神躲闪道："可是……可是我是一个记者啊，我的职业操守就是把同学们想要看的东西如实地报道给他们。"说到这里，她又低下头，用很小的声音呢喃，"我刚才就是去图书馆写稿子去了……"

夏知微听说她连稿子都写好了，怒气"噌噌噌"地往上冒，但她很快压制住了内心的愤怒，因为她知道，如果真心想要帮沐星澜，这个时候就应该理智。

苏小小之所以报道，并不是要害自己或沐星澜，仅仅是基于自己校园小记者的身份，可她的这种行为已经超出了记者的职业标准，属于侵犯别人的隐私了。虽然不止一次跟她强调过这一点，但她似乎一点儿意识也没有。

在脑海里做了一番思想斗争以后，夏知微尽可能平静地道："帖子照片你可以发，但是不要把沐星澜扯进来，他们家的小店你也要打一下马赛克，我不希望有同学去破坏他的正常生活。"

他们家的小店？

苏小小有些怀疑自己的耳朵，惊讶地问："那个店是他们家的？他们家不是很有钱吗？我还以为他和你一样，想要体验生活才去打工的呢！"

夏知微意识到自己说漏了嘴，连忙转移话题："我说的你答不答应啊？如果你答应，你以后想怎么拍我，就怎么拍我。"

"真的吗？"苏小小的眼里瞬间燃起一道光芒，可很快又黯了下去，"可是我拍到的是你和沐星澜一起的照片，相比于你的个人照片更有价值。你们是学校里公认的男神和女神，竟然一起在一家很普通的小吃店打工，这帖子一出，一定会在学校里引起轰动的。"

第七章 因为是朋友所以才会伤心

说到这里,苏小小一阵激动,她仿佛看到了自己帖子的点击量和评论数都在以飞快的速度飙升,同学们无论走到哪里都会议论自己帖子的事,而她的名字也有可能被载入贴吧史册。

"苏小小!"看苏小小一脸憧憬的模样,夏知微没好气地打断了她美好的遐想,她知道自己的劝阻已经没有任何意义,便冷冷地扔下一句:"你所谓的职业精神和职业道德是建立在伤害朋友的基础上吗?"说完便转身走进了宿舍。

苏小小愣在原地,夏知微刚才那句话像一盆冷水将她浇醒。

朋友?

她刚才是说朋友吗?

所以……在她心里,自己是她的朋友?

不过是再普通不过的一个词语,却像一枚炸弹,在苏小小原本没有什么波澜的心里轰然炸开。

从小到大,她的梦想都是当一名记者,自从被校内记者团拒绝以后,她就成了贴吧的八卦小记者,并运用自己擅长发掘八卦的能力挖掘同学们的小秘密和小八卦,写出了一篇篇引起广泛讨论的帖子。虽然她的关注度提升了,却也让她成了大家敬而远之的校园狗仔。

所以,很长一段时间里,她身边能够称得上朋友的,就只有那台跟了她两年的相机。

而现在,竟然有人用朋友这个词来定义她们之间的关系。

那感觉就像是一个人在漆黑的森林里走了很久,突然,肩膀上落了一只蝴蝶,蝴蝶说,它愿意陪你走过这段漆黑的路……

2

当清晨的阳光带着温暖洒在苏小小的被子上时,她像往常一样伸了一个大大的懒腰,然后随意拨弄了一下头发。

今天的她比任何时候都要开心,因为夏知微跟她说过"朋友"两个字。一想到夏知微昨天说的话,她就觉得心里暖暖的。

爬下床,苏小小对着镜子刷牙,心情好得忍不住哼起了歌。

朱瑶从厕所里走出来,看到这样的苏小小愣了一下。

"早上好啊!"苏小小语气轻快地同她打招呼。

朱瑶的表情有点儿尴尬,她冲苏小小轻轻点了点头,便回到自己的桌子前开始整理上课要用的东西。

这时,李笑鸽和夏知微从门外走了进来。

苏小小开心地问:"你们俩一大早去干吗了?"

意外的是,两个人都没有搭理她,而是脸色都不太好的样子。尤其是夏知微,她眉头紧锁,表情严肃,像是遇到了什么很严重的事情。

苏小小火速洗完脸,走到两个人的身旁,问:"你们怎么了?看起来不太开心的样子。"

夏知微没有说话,而是自顾自地收拾东西,李笑鸽则是没好气地瞪了她一眼,冷冷地说:"我们怎么了,你还好意思问?"

两个人的反应让苏小小一头雾水,又听李笑鸽语气间充满冷漠,便抓了抓头问:"我怎么了?"

李笑鸽见苏小小一脸无辜的样子,气不打一处来,从口袋里掏出手机,问:"这帖子,不是你发的吗?"

苏小小看向李笑鸽的手机屏幕,上面是学校贴吧的帖子,帖子

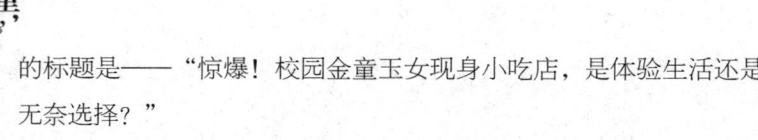

的标题是——"惊爆!校园金童玉女现身小吃店,是体验生活还是无奈选择?"

这不是昨天自己在图书馆里写的帖子吗?

苏小小睁大眼睛,一副难以置信的表情。

"这是不是你写的?"李笑鸽问。

苏小小还没有从震惊中回过神来,僵硬地点了点头:"是我写的,可是……"

"可是什么?你说你,乱爆夏知微也就算了,还把我们整个体育组的男神沐星澜也扯进来,你知不知道,他代表学校参加击剑比赛可是拿了很多奖的!"

听到这里,苏小小这才明白为什么夏知微刚才对自己那么冷淡。她有些着急,支支吾吾地解释:"不……不是啊,这个帖子虽然是我写的,但我没有发……"

知道自己的话说服不了她们,苏小小拿过李笑鸽的手机,翻到帖子的最开头,指着上面的发帖时间说:"这个帖子是七点半发的,可七点半的时候我还在睡觉,我刚刚才起床,你们看到的啊!"

听苏小小这样解释,李笑鸽看了看自己的手机,忍不住嘟囔:"也对哦,那这个帖子是谁发的?"

这时,已经整理好书包的夏知微走到两个人面前,看着苏小小一字一顿道:"这篇帖子是你写的,发帖人也是你,你做了就不要不承认。别跟我说,你不知道贴吧有一种功能叫'定时发送'。"说完,夏知微背起书包离开了宿舍。

苏小小看着夏知微的背影又急又气:"我说了不是我就不是我,如果真的是我做的,我为什么不敢承认?"

李笑鸽走过她的身旁,语气里有劝解的意味:"你做了就承认,做了还不承认就让人觉得烦了。"说完也拿起书包出了宿舍。

平日里都是独来独往的朱瑶不知什么时候也走了,此时此刻,整个宿舍就剩下苏小小一个人,她站在原地,内心翻涌着委屈,双手握成拳头,眼里满是不甘,她咬着嘴唇,努力让自己不要哭出来。

"不管你们信不信,我一定会找到真凶的!"她声音很轻,语气却异常坚定。

第七章 因为是朋友所以才会伤心

3

夏知微从宿舍走出来以后，心情糟糕到了极点，让她感到生气的不仅仅是帖子本身，还有苏小小的态度。

如果她像昨天所说的那样，坚称发帖是出自自己的职业操守，或许她能够接受。但令她想不明白的是，为什么她就是不肯承认呢？

虽然知道苏小小一向很八卦，喜欢窥探他人的隐私，但除此之外，她并没有做过什么伤天害理的事情。对于她喜欢拍自己的行为以及贴吧的一些谣言，她只当是玩笑，并不怎么放在心上。可这次……实在有些过分了。

夏知微越想越生气，在前往教学楼的途中，一直有同学在议论纷纷，这令她的情绪更加低落，可因为不想被同学们看扁，只能强打起精神。

一整天的课业下来，很多事情在夏知微的意料之中，但也有很多出乎她的意料。

意料之中的是，同学们对于她在小吃店里打工的事感到难以置信；出乎意料的是，不少同学竟然站在自己这一边，没有一味地嘲笑和批评，竟还有一些支持和赞扬的声音。

然而这些声音并没有让夏知微的心情好起来。因为相比于自己，沐星澜的遭遇就悲惨多了。

原本拥有很多粉丝的他，在网上被人一顿谩骂，不少女生都表示自己受到了欺骗，并将沐星澜的照片制作成了各种各样嘲讽的样子。

看着女生们如此愤慨和过激的行为，夏知微能够想得到沐星澜心里的冲击一定不小。

放学以后，夏知微几乎用最快的速度赶到小吃店，沐星澜因为数学成绩优异，每天都会有二十分钟的奥数辅导，所以这会儿小吃店里跟往常一样只有沐叔叔一个人。

经过昨天的奋战，今天的小吃店已经可以正常营业了，原本以为沐叔叔的心情会好一点儿，可他此刻却垂着头，眼神里仿佛有无尽的忧愁。

"沐叔叔，你怎么了？"夏知微忍不住问。

沐绍明的手里拿着一张字条，表情有些为难："刚刚接到了一笔外卖单。"

"是等沐星澜回来去送吗？"夏知微想要看清外卖单上的要求，可字条却被沐叔叔握得紧紧的。

"不，这笔订单还是我去吧……"沐绍明的表情有点儿凝重，停顿了几秒后又说，"知微，小星是不是在学校遇到了什么不开心的事情？"

这个问题让夏知微愣了一下，她知道沐星澜肯定不会想让沐叔叔知道他在学校发生的事情，便假装轻松地说："没有呢，您放心，沐星澜在学校很受欢迎，他不管是击剑还是学习都很优秀，大家都很喜欢他。"

为了把话题转移，她盯着沐绍明手上的字条说："这是送到哪里的外卖？为什么要您亲自去呢？"

沐绍明一开始没有说话，只是坐在椅子上，表情有点儿尴尬，过了半晌，才开口道："自从小星特招到你们学校以后，他妈妈就千叮咛万嘱咐，千万不能让别人知道我们家里是开小吃店的，不然会被别人看不起。毕竟你们这所高中是出了名的私立学校，在里面读书的基本上都是有钱人家的孩子，我们也不想小星因为这样的家庭状况被同学们孤立。刚开学的时候,你李阿姨还专门租了一辆豪车送他去学校,就是为了表现出我们家里很有钱,不想让他被人看不起。他虽然嘴上没说,但我知道,他也不想同学知道我们家里是开小吃店的,毕竟青春期的男孩子都挺要面子的。就连你最开始想要来店里打工,我不想让你来,也是这个原因。可刚才,我收到你们学校击剑社的外卖订单,如果让小星去送,他们不就知道了嘛。所以我想,还是我去送吧。"

沐绍明的话让夏知微陷入了一瞬的沉思。

她知道,这个来自击剑社的订单根本不可能是什么巧合,小吃店离学校并不算近,上次要不是自己误打误撞来这里吃东西,是不可能知道这么偏僻的巷子里会有这么一家小吃店的。

所以唯一的解释就只能是,击剑社的人通过苏小小的帖子知道了沐星澜的事情,所以专门点了这么一份外卖,为的就是挑衅或者侮辱一下沐星澜。毕竟他一直在学校尤其在女生中拥有超高的人气,在击剑社这种以男生为主的社团里,有人心生妒忌是再正常不过的事情。

"沐叔叔。"在脑海里做了好一番思想斗争的夏知微做了一个决定,"这份外卖就让我去送吧。"

是的,她决定代替沐绍明去送外卖,反正她的身份和遭遇在同学们眼里早已经是透明的了,如果注定要遭受冷言冷语,那么就让自己来承受好了。

"嗯?"沐绍明的表情有些疑惑。

"您对学校不熟悉,击剑社在哪里您肯定不知道吧?不如让我去吧,而且店里没有您可不行呢。"夏知微说完,就开始研究起外卖单上的菜品来。

听夏知微这么一说，沐绍明摸了摸头，有点儿不好意思："你这么一说还真是，你们学校那么大，我每次去都会迷路，好几次家长会，你李阿姨都不让我去呢，嫌我丢人。"

"哦，对了，李阿姨昨天回家了吗？她说过该怎么办吗？"想到昨天那几个放高利贷的人凶神恶煞的样子，夏知微还心有余悸。

"嗯，她昨天很晚回来的，说是钱的问题很快就能解决，小吃店应该不会有什么问题，你们也不要担心。"沐绍明的语气虽然有些不确定，但脸上的表情比昨天看起来舒展了许多，看样子，事情的发展没有那么糟糕。

"您放心，既然李阿姨都说了没问题，应该就没有问题的。"夏知微宽慰道。

沐绍明憨厚地笑了笑："我相信她，我跟你李阿姨结婚这么多年，基本上什么都听她的，她说什么就是什么。"说完，便去后厨准备新的外卖订单。

看着沐绍明在厨房里忙碌的背影，一瞬间，夏知微的眼睛竟有点儿发酸。

离开家已经好些日子了，爷爷依旧躺在医院里昏迷不醒。她好几次偷偷溜进病房看他，可每次没待多久，就不得不离开，只能匆匆看上一眼。

前两天还被来医院看望爷爷的姑姑和林佳茉发现了，在姑姑声色俱厉的警告中，夏知微只能无奈离开。

这些日子，她已经很努力地一个人生活了，曾经以为自己没办法做到的事情也都一一做到了。在小吃店的这段日子，她虽然没有觉得很孤单，但在看到沐叔叔慈爱的背影时，她不知为什么突然想起了爷爷，内心也因此蒙上了一层淡淡的忧伤。

第七章 因为是朋友所以才会伤心

"还差一个烤馒头就好了。"沐绍明说着,从锅里捞起一对鸡翅,放好调料后递到夏知微面前,"来,先吃点儿东西,你一下课就过来了,待会儿还要送外卖,别饿着。"

沐绍明的话让夏知微回过神来,她接过鸡翅,咬了一口,心里感到暖暖的。

4

拿着外卖盒骑着单车赶到学校,夏知微停好车子直接朝体育馆走去,进门第一间最为宽敞的那间教室,就是击剑社的所在地了。

夏知微拎着外卖推开门,就看到一群男生带着期待和戏谑的眼神朝自己看来。可在发现送外卖的人不是沐星澜的时候,他们的眼神立马变成了失望。

"怎么会是你啊?"其中一个穿着宽大红色T恤的男生走到夏知微面前,接过外卖后,语气有点儿冲地说道。

夏知微没有回答他的话,转身准备离开。

"喂,等一下。"一个看起来很不好惹的男生冲她喊道。

夏知微回过头,认出了眼前这个一脸挑衅的男生,正是学校里鼎鼎有名的坏男生苏南一。

苏南一曾经在学校举办的"风采女生"投票中,发动身边所有人疯狂给夏知微投票,有一次还直接在走廊上堵住她,说希望跟她交个朋友。

可那一次夏知微明确而又冷漠地告诉他,自己不喜欢跟没有礼貌、家里还是开娱乐城的人做朋友。

被当场拒绝的苏南一在同学们面前丢了面子,便再也没有纠缠过夏知微。直到夏知微被赶出家门的事情在学校贴吧曝光以后,他才又冒了出来。苏南一是评论区里最活跃的人之一,除了不断地用难听的话语来发表评论,还有意把舆论带到负面之中。

夏知微也很意外,没想到自己会在这里遇见他,毕竟像他这种混世魔王,是不太可能跟击剑有什么关系的。

"夏大小姐,"苏南一的脸上露出一抹坏笑,"哦,不对,你现在已经不是什么大小姐了，突然想起，你好像被家里人赶出来了哦。"

夏知微看着他，不知道他到底想要干什么："你们点的外卖已经送到，还有什么事情吗？"

"没事没事，我只是感到吃惊，你这个曾经眼睛长到脑袋顶上的千金大小姐竟然落魄到现在这个样子，不仅要亲自送外卖，还跟个家里开小吃店的人当朋友，沐星澜，啧啧，家里穷成这样，还要硬装什么有钱人，真是不要脸啊！"苏南一的表情和语气满是鄙夷和嘲讽。

夏知微本来不想跟他过多纠缠，但听他用这样的话来评价沐星澜，心里就气不过。

在跟沐星澜相处的过程中，她知道他根本就不是这样的人。

"你的嘴巴怎么还是那么坏？整个人还是那么没有礼貌！"夏知微冷冷地看着苏南一，继续说道，"家里是开小吃店的怎么了？开小吃店就低人一等吗？像你这样的人，家里再有钱又怎样？无知又无理，比起你这样的人，沐星澜不知优秀多少倍！"

夏知微的话让苏南一顿时变了脸色，之前被夏知微拒绝就已经很没面子了，沐星澜更是他在学校里最讨厌的男生。而现在，夏知微不仅帮着沐星澜说话，还再次羞辱自己，这让他更加气愤。

"夏知微，你现在还说这样的话，你以为自己是谁啊？正义的使者还是善良的化身？你信不信，我可以让你在这个学校混不下去？"苏南一红着脸，一副气急败坏的样子。

这话一出，本来坐在一旁看戏的击剑社成员中有几个看不下去了，站起身来拉着苏南一劝解道："好了，好了，沐星澜没有来，我们就算了，等明天他来训练，我们再好好教训他。"

"是啊，干吗跟夏知微闹脾气？她又没有什么错……"

甚至有一个人径直走到夏知微的面前一脸歉意地说："你先走吧，外卖也送到了，我们会记得给出好评的，我们想要针对的人是沐星澜，并不是你。"

听着这些人的话，夏知微都能想象得到明天沐星澜来训练时会遭受什么样的打击，她握着拳头，胸口燃烧着熊熊的怒火。

"你们真是够了！"她朝那些人大吼一声。

本来七嘴八舌劝阻的男生们一下子都安静下来。

夏知微的情绪有点儿激动，她看着那些人一字一顿道："大家之所以在同一个社团，不是因为有着同样的爱好才聚在一起的吗？为什么会因为一个人的家庭状况就否定彼此之间的友情，而对他恶意攻击呢？对于你们而言，沐星澜不应该是最值得尊敬的竞争对手和最优秀的队员吗？就因为他一直拿冠军，抢了你们的风头，你们就用这些刻薄的话语来评价他？"

顿了顿，她又继续说："家庭出身真的有那么重要吗？家里条件好的人就一定优秀吗？反之，家庭条件一般的人就那么不值得尊重吗？沐星澜给击剑社和学校赢得了多少荣誉，你们自己心里清楚，你们并肩作战参加了那么多的比赛，是同学更是战友。所以，我希望，你们可以给他应有的尊重，而不是像其他人一样，带着嘲笑和看好戏的心态对待他！"

说完这些话，夏知微终于舒了一口气。

在场的人除了苏南一，脸上都露出了愧疚和难为情的表情。

看到这样的变化，苏南一有点儿恼火："我说你们，不会被她这么几句话就给洗脑了吧？你们忘了沐星澜是怎么抢走女生们的目光了吗？你们忘了每次比赛，女生们都是来给他加油的事情了吗？"

然而,他的话并没有改变什么,那些击剑社的成员充耳不闻,低着头没有说话。

夏知微见自己的话有了效果,心里很是兴奋:"苏南一,你别像个跳梁小丑一样在这里叽叽喳喳了。"

这句话彻底激怒了苏南一,他猛然靠近夏知微,随手推了她一把:"你说什么呢?你再说一次!"

夏知微被这突如其来的力道弄得往后趔趄了几步,因为重心有些不稳,她歪歪扭扭地退了几步,幸好摸到一个支撑物才得以站稳。

可就在站稳的瞬间,她的手掌传来一阵隐隐的疼痛,原来,她扶住的支撑物是击剑社一个用钢铁制造的模型,造型是一个击剑的头盔,可不知道是不是因为有些老旧了,上面现出一个锋利的凸起,就是这个凸起在夏知微的手掌上留下了一道醒目的血印。

"啊……"夏知微吃痛地皱了皱眉头。

见她受伤,击剑社的成员很快围了上来。

"谁带有碘酒?赶紧给她消毒,还有纱布,需要简单包扎一下。"

"这个模型也不是第一次剐伤别人了,跟教练说了好多次要扔掉了,非说是击剑社刚创建的时候他专门买的,不能随便丢,有纪念意义……"

"刚创建的时候买的?那不得好多年了?还舍不得丢。"

七嘴八舌吐槽了一阵以后,他们找齐了碘酒、棉签以及纱布,给夏知微简单地处理了一下伤口。

看着他们从一开始的排斥奚落,到现在出手帮忙,夏知微意外的同时又有些感动。

"你们的'医疗设备'还挺齐全……"夏知微看着这些用具,忍不住说道。

"那肯定啊，虽然击剑有全套的护具，但还是很容易受伤的，所以我们一般都会备着这些，以防万一。"

等处理好伤口，夏知微朝这些击剑社的成员一一道谢，对他们的看法也由此改观。

从体育馆出来，夏知微看到林佳茉正好从对面的科研楼里走出来，看到自己后似乎有什么话要说，可她实在不想面对林佳茉，便骑着单车飞速离去。

"喂！"林佳茉看到飞速远去的夏知微，气得在原地直跺脚。

第七章 因为是朋友所以才会伤心

5

夏知微赶回店里的时候，沐星澜正跨上车像是要出去一样。

"又有外卖要送吗？"夏知微问。

沐星澜见她回来，整个人像是松了一口气："没，我刚刚到，我爸跟我说你去击剑社送外卖去了，我知道他们是冲我来的，怕他们为难你，所以想去接你。"

夏知微故作轻松地说："你想多了，他们没想为难你，只是单纯地想要吃个外卖。"

沐星澜根本不相信夏知微的话，视线无意间扫到她的左手，表情立马变得严肃起来："你的手怎么了？受伤了？他们弄的？"

夏知微下意识地把受伤的手藏在身后："怎么会？是我骑车不小心摔倒了，你又不是不知道我骑不惯这种单车，毕竟我平常都是有专门的司机接送的……"

可她的话并没让沐星澜放下心来，他走到她的面前，表情有点儿凝重："你让我看看伤口大不大，待会儿跟我爸请个假，我送你去医院看看。"

"不用，不用，我已经去过医务室了，用碘酒消了毒，还包扎了一下呢！"说完，夏知微抬起左手晃了晃，"你看，什么都没有，拜托，我的手跟我的脸一样重要好吗？我怎么可能骗你？"

沐星澜无奈地看着夏知微，再次询问："你确定没事？"

夏知微用力地点了点头。

"那好，你等我一下。"说完，沐星澜走进后厨，一分钟后，他出来了，并拉着夏知微出了小店。

"去哪儿？"看着沐星澜跨上车，夏知微疑惑地问。

"送你回去。"沐星澜说。

夏知微摇头:"今天的班还没上完呢!"

"不用上了,我刚才已经帮你请假了。"沐星澜二话不说直接把头盔按在夏知微的脑袋上。

就这样,夏知微还没来得及反抗,就被沐星澜骑着车送回了宿舍。

到了学校门口,沐星澜从口袋里掏出一盒糖果放在她的手心。

"这是今天奥数老师从国外带回来的礼物,送给你。"

夏知微盯着手中的糖果,感到非常意外,正要说谢谢,却见沐星澜冲她做了个再见的手势就骑车离开了。

放在以前,对于这种包装一般,味道看起来也不怎么好的水果糖,夏知微根本就不屑一顾。

可她现在觉得,这是她见过的最可爱、最美味的糖果。

捧着这份小小的礼物,夏知微心情愉悦地朝宿舍走去,没走几步,就看到一个熟悉的身影。

"夏知微,你刚才为什么要躲着我?"林佳茉开门见山地质问道。

夏知微不想理她,径直从她身边走过。

"站住!我有话跟你说。"林佳茉追上夏知微,并且拦住了她。

夏知微不耐烦地看着林佳茉说:"我没话跟你说。"说完,便绕过她继续往前走。

就在这时,她的身后传来林佳茉气急败坏的声音。

"夏知微,你给我听好了,我妈准备过几天召集所有股东开股份转让会议,只要爷爷没有醒来,她就可以用'你并不是爷爷的亲孙女'这个理由让你从此跟夏家没有任何关系!"

第七章 因为是朋友所以才会伤心

第八章
你是想起就会温暖的
存在

1

有一年暑假，夏知微刚从外地参加完夏令营回到家，就看到爷爷最信任的下属李伯伯神色凝重地坐在客厅里。

若是平时，爷爷一定会泡一壶上好的茶同李伯伯坐在庭院里畅谈公司的发展计划或者生活趣事。可那天，爷爷待在自己的房间里自始至终都没有下楼，而李伯伯则在客厅等了整整四个小时以后被管家请了出去。

从那以后，李伯伯就再也没有来过家里。也是从那时起，夏知微发现，不管什么人都不敢再在爷爷面前提及李伯伯的名字。

尽管心有疑问，但因为不想惹怒爷爷，夏知微便一直没有提及。

疑问被解答的那一天，是夏知微发现班上唯一和自己还算要好的朋友李思思竟然在背地里跟同学们讲自己的坏话，还编造了很多与自己无关的丑闻。受到双重打击的夏知微回到家中，心情既失落又受伤，就在这时，爷爷告诉了她有关李伯伯的事情。

原来，李伯伯是爷爷创业初期最得力的助手，两个人对于公司的发展想法总是不谋而合。后来，公司准备把连锁店扩大到省外，却在做市场调研的时候，发现省外已经有了相似品牌的店了。有同类型的店本不是什么奇怪的事，但令人费解的是，其中一家店的主打品牌不论从名字还是味道都和爷爷公司的一样。经过调查发现，这家店是李伯伯早在一年前偷偷以自己妹妹的名义创办的。

利用自己在公司的职务便利窃取公司机密，还创办了同类型的公司，这种事情属于商业欺诈。事情暴露以后，李伯伯上门负荆请罪，希望爷爷可以保留他在公司的职位，并承诺会关闭他所创办的公司。爷爷最终还是将他赶出了公司，但没有起诉他，只是从此以后，不再与他见面。

"知微,你要知道,因为你的身份以及你所拥有的东西,都会让你以后的日子里拥有的敌人多于朋友,所以爷爷想要告诉你的是,即便你身边最亲近的人背叛你,变成你的敌人,你也要全力以赴地反击,好好地保护自己。"

爷爷当时是这么对她说的。

当时,她对这番话并不是很理解,更无法理解爷爷当时的做法。她一直无忧无虑地生活在爷爷强大羽翼的庇护下,根本体会不了现实的冷漠和残酷。

直到她被赶出家门,一个人在漆黑的小路上行走了很久,她才明白爷爷当时那番话的用心。

成长,是建立在内心强大的基础上。

所以,当从林佳茉那里得知了姑姑想要把自己彻底赶出家门,并打算转移自己手中股份的事情后,夏知微连悲伤的时间都没有。

因为,她现在要做的并不是流眼泪,而是要想办法怎么反击和保护自己。

夏知微所拥有的百分之三十五的股份是爷爷在病重的前一个星期突然转让给自己的,本来她没有资格继承这么多的股份,但是在爷爷的执意要求之下,律师当着所有股东的面草拟了这份协议。

协议书上写定,等夏知微年满十八岁,若没有对公司造成实质性伤害的行为,那么这百分之三十五的股份将会自动转移到她的名下。

当初拟这份协议的时候,姑姑作为股东代表之一曾在董事会上强烈反对,要不是因为爷爷声色俱厉地呵斥,她估计不会罢休。

后来爷爷生病住院了,她就把那个叫作许眉的女人带了回来,

第八章 你是想起就会温暖的存在

还说她是爷爷曾经的儿媳妇，而她带回来的那个女孩才是爷爷的亲孙女。

夏知微绝不相信这样的谎言，因为爷爷告诉过她，她的父母在她很小的时候就在车祸中去世了，许眉不可能是自己的妈妈，所以，她决定不能让姑姑的阴谋得逞。

回到宿舍以后，夏知微躺在床上想了许久，唯一能够让这个谎言不攻自破的就是尽快找到能够证明自己身份的证人，只要找到这个证人，她的身世之谜就能解开。

可如今，爷爷躺在医院里昏迷不醒，姑姑和林佳茉又是敌对自己的人，至于其他人的说辞，根本无法成为自己身份证明的铁证。瞬间，夏知微忽然觉得自己在这个世界上成了没有身份的人，因为她连"我是谁"都无法证明！

成年人世界的碰撞让夏知微觉得自己像是沉没在潮水中，有一股强大的力量正紧紧地扼住她的喉咙，令她喘不过气来。

她一定要想办法证明自己的身份，然后挫败姑姑的阴谋，她绝不能让股权转让大会举办成功。

想到这里，夏知微在自己的手机备忘录上写下了自己的作战计划。

首先，要想办法联系律师，然后偷偷去医院拿到爷爷的DNA（脱氧核糖核酸）样本，同自己的DNA做对比。最后，她还要找到管家、司机以及张姨为自己做证。

在确定了作战计划以后，夏知微这才安心地伸展开手脚，舒服地躺在床上。掌心的伤口依旧隐隐作痛，她轻轻地摸了摸伤口，想起刚才沐星澜担心自己的样子，心头涌上一股暖流。

有些人、有些事想想也真是有趣，明明最开始是互相看不顺眼的，一个傲娇公子哥，一个骄横大小姐，夏知微敢肯定，在此之前，像沐星澜这样的人她绝不会多看一眼，顶多是自己生命中一个普通的过客。

　　哪里想到，不知从什么时候开始，这个过客一般的人竟成了自己只要想起内心就会觉得无比温暖的存在……

第八章　你是想起就会温暖的存在

2

新的一天展现在夏知微的面前时,她并没有以往那般元气满满,充满期待,而是感到深深的紧迫感和焦虑。

她今天必须找到林佳荣,希望从她口中打探到姑姑具体的计划,尤其是股东大会召开的时间。

从床上爬起来,夏知微大大地伸了一个懒腰,却发现平时总喜欢赖床的苏小小竟然一大早就没了踪影。她不由得有些疑惑和担忧,但很快就强迫自己放下这个念头。毕竟因为帖子的事情,她心里对苏小小还是有怨念的。

"夏知微,早啊。"从洗手间出来的朱瑶看到夏知微,打了声招呼。

夏知微笑了笑:"早上好。"

"要不要一起去教室?李笑鸽一大早就被她的老师抓去训练了。"朱瑶发出邀请。

"好,你稍微等我一下,我去洗漱。"夏知微说完,就从床上爬下来进了洗手间。

跟朱瑶一起走在去教学楼的路上,夏知微瞬间竟觉得有些不习惯。

平时这个时候,走在她身旁的是永远端着相机叽叽喳喳吵个不停的苏小小,还有默不作声嘴里一直吃着零食的李笑鸽。

这种再普通不过的场景要是放在往常,夏知微根本不会觉得有什么,可今天,当朱瑶拿着字典在她身旁"嘀嘀咕咕"背诵英语单词的时候,她总觉得少了些什么。

夏知微知道帖子的事情不能完全怪苏小小,因为她自己也说了发帖是她的职业要求。也许自己气的并不是她没经过自己允许就擅自发帖的行为，而是希望苏小小对待自己能够与其他同学不同，甚至在内心深处希望苏小小能够把自己当作朋友，可以稍微照顾一下自己的情绪……

可若真的希望她把自己当作朋友，是不是自己也要站在她的立场考虑呢？

夏知微的大脑被这些思绪占满了，连打算去找林佳茉的计划都抛到了脑后。

直到放学，夏知微才想起自己昨天订的计划。她整理好书包，打算去林佳茉的教室找她，迎面走来的两个女生的对话引起了她的注意。

"听说了吗？沐星澜退出了击剑社。"

"真的吗？他为什么要退出？是因为身份被拆穿不好意思待下去了吗？"

"具体原因就不知道了，但可以确定的是他退出了。刚才我一个击剑社的朋友发信息给我，说下午的时候，沐星澜去找社长谈话，两人还因为什么事发生了争执，社长想要挽留沐星澜，沐星澜硬是没有同意。"

"这么劲爆的消息怎么才告诉我？不过击剑社大的赛事一向都是靠沐星澜撑着，他这么一走，击剑社可怎么办呢？"

"是啊，我朋友跟我说，击剑社的人都有点儿讨厌他，昨天原本打算教训他一下，我朋友还想参与来着，因为临时有事走了。今天一到社团，发现大家对他的态度改观了，沐星澜却不知道为什么突然提出了退社。"

"好吧，他要是真退社了，那我以后对学校的击剑社就完全失去了兴趣，除了沐星澜，包括你朋友的那些人，基本上都是绣花枕头，

第八章 你是想起就会温暖的存在♥

没有什么用……"

这些话让夏知微顿时停住了脚步,她转身朝沐星澜的教室跑去。刚走到他的教室门口,就看到沐星澜背着书包走了出来。

看到眼前的人,沐星澜有点儿意外:"你来找我?"

夏知微一时间不知道该如何开口,便随便编了个理由:"嗯,想问你今天要不要一起去店里。"

"哦,好。"尽管奇怪她为什么今天要跟自己一起去店里,沐星澜还是不动声色地点了点头,并对她伸出了手。

"干吗?"夏知微望着他的手,有些不明所以。

"书包给我,我帮你拿。"沐星澜淡淡地说。

夏知微脸上一红,正犹豫着,便听沐星澜说:"待会儿给你放在车上。"

"哦,这样,谢啦。"夏知微把书包递了过去,说不上来此刻的心情是欢喜还是失落。

到了学校的停车场,沐星澜把两个书包一起放在车筐里。

"能坐习惯自行车吗?"沐星澜指了指后座。

"有什么不能的?"夏知微有些不服气,直接跳了上去。

沐星澜见她一脸别扭的模样,嘴角忍不住扬起一抹浅浅的笑意:"你这种嘴里每天嚷嚷自己有公主病的人,一旦放飞起自我来,也挺令人惊讶的。"

夏知微懒得搭理他,脑子里都是他退出击剑社的事。

她在想要怎么开口跟他提这件事,毕竟她不知道那两个女生说的是不是真的。如果不是真的,那问出来会不会显得没有礼貌?可如果是真的,她又觉得自己的内心有负罪感,直觉告诉她沐星澜退出击剑社的事跟她有关。

两个人一路沉默着，直到停在一个亮起红灯的十字路口前，夏知微才忍不住开口："沐星澜。"

"嗯？"沐星澜微微侧头，这个角度的他仍旧那么好看，像是漫画书里的少年，给人一种不真实的感觉。

"我听说……你退出击剑社了？"夏知微鼓起勇气问出了这个问题。

沐星澜沉默了一小会儿，点了点头："嗯。"

得到肯定的答案，夏知微的情绪有点儿激动："你为什么要退出啊？你不是很喜欢击剑吗？而且你代表学校拿了那么多的奖项，为什么要放弃呢？"

沐星澜没有立刻回答她，而是在绿灯亮起的时候，平静地问了她一句："对于自己不那么喜欢的事情，你能坚持多久？"

这个问题让夏知微愣了一下，想了一会儿，她犹豫道："可能会持续好几天吧……"

这个答案似乎在沐星澜的意料之中，他笑了笑说："是啊，连你这样的人都只能坚持几天，而我却坚持了好几年。"

夏知微没太听懂他这句话的意思，便倒回去细细揣摩。

坚持了好几年？所以，沐星澜的意思是，对于击剑这件事，他其实并没有很喜欢？

"难道你不喜欢击剑？"夏知微问出了心里的疑惑。

沐星澜"嗯"了一声："击剑是我妈从小给我选的，说是有钱人家的小孩儿都学这个，会击剑的男生都很帅。但以我们家的经济条件根本负担不起这个费用。为了让我学击剑，我爸妈都付出了很多，我其实早就不想学了，但又不想让他们失望，正好借这次机会退了，也算给自己一个交代。"

"可……可是你为什么会突然想着退社？是因为我吗？因为我昨天替你送了外卖？他们说了什么吗？"夏知微忽然有些恐慌，以至于她的语气有点儿急促。

沐星澜停下车，静静地看着夏知微："是你，也不全是因为你，我只是觉得，一项运动帅不帅气跟运动本身无关，如果一个运动社团把奚落人和伤害人当作一件好玩的事情，这样的社团不参加也罢。"说完，他的视线停留在夏知微受伤的手上。

夏知微感受到这份目光，忍不住把手往后缩了缩。

沐星澜却拉过她的手腕，从口袋里掏出一个印有卡通图案的创可贴，轻轻地贴在她的伤口上。

夏知微看着手心的创可贴，脸颊一阵发热。

许是察觉到了这份微妙的气氛，沐星澜也为自己的行为感到有点儿害羞，他假装一脸镇定地重新跨上单车，内心却"怦怦"跳个不停。

夏知微坐在后座，盯着沐星澜的背脊，感觉耳尖烫烫的。

两个人各怀心事，一时间陷入了沉默，只有风吹在耳边的声音。

良久，夏知微忍不住打破沉默："那你真正的梦想是什么？"

沐星澜犹豫了一下："说出来你不要笑啊。"

"不会的。"夏知微郑重地保证。

沐星澜这才娓娓道来："我妈不是一直想当一名厉害的演员吗？但这么多年过去，一点儿起色都没有。每次看到她那么拼那么努力，我就想，以后要是当个经纪人也不错，这样就能够更好地照顾她，给她争取好的角色了。"

夏知微还是第一次听沐星澜讲述自己内心的真实想法，感到微微惊讶的同时，觉得这个梦想不仅不好笑，反而让人很感动。

所有充满爱的梦想，都是伟大的。

"我觉得这个梦想很棒，真的。"夏知微认真地说。

夕阳在城市的另一头慢慢下沉，沐星澜衬衫的一角被微风轻轻卷起。他的脸上有着淡淡的笑容，目光清澈而坚定，像极了林中的小鹿。

在他的身后，夏知微的长发轻轻飞扬，夕阳的余晖落在她的脸上，给她添了一抹柔和。

有什么东西在心底悄悄滋长，这个夏天，忽然明媚起来……

第八章 你是想起就会温暖的存在

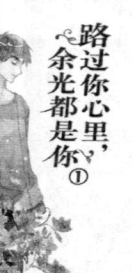

3

快要到小吃店的时候,在距离小店只有几百米的地方,他们看到几个穿着黑色西装的男人在店门口徘徊。

"咦,他们不是……"

夏知微的话还没有说完,就被沐星澜拖到一旁的拐角处。

"嘘。"沐星澜做了一个噤声的动作,轻轻地把单车停在一旁,然后伸出手将夏知微护在自己身后。

"他们怎么又来了?"夏知微担忧地说。

沐星澜摇了摇头,脸上的表情看起来非常严肃,眼睛一直盯着那几个在店门口转悠的黑衣人。

只见他们站在店门口东张西望,像是在等谁回来一样,表情看起来凶神恶煞,手上还拿着各种各样的工具,看样子不会轻易善罢甘休。

"要不要联系一下沐叔叔,问问他怎么办?"夏知微提议。

沐星澜没有吭声,而是低着头像是在思考着什么。

忽然,耳边传来一声巨响,两人迅速朝声音响起的地方看去,就见那几个人正抄着店门口的铁桶在狠狠地砸门。

砸了一会儿后,那天那个染着金发的男人伸手阻止了其他几人想要破门而入的举动,他蹲下身,从口袋里不知掏出了一个什么样的工具,没费多大劲就把小店的门打开了。

看着眼前的情景,沐星澜脸上的不安加剧,他攥紧拳头,似乎在极力遏制自己快要爆发的情绪。

"哐——哐——"

有几把椅子和桌子从店里飞了出来,放在收银台上的那只红色的招财猫也被他们丢了出来，掉在地上摔了个粉粹。

看着地面上七零八落的桌椅和餐具，可以想象，店里应该被他们砸了个稀巴烂。

沐星澜的脸憋得通红，手指的关节也被攥得发白，眼看着就要到达爆炸的临界点冲出去，在旁边一直观察着他的夏知微连忙伸手拦住了他。

"别冲动，你现在出去也无济于事。"夏知微努力拉着沐星澜，因为太用力，脸憋得通红，"他们显然不达目的不会罢休，我们只有两个人，冲出去说不定会受伤。"

沐星澜因为夏知微的话停住了脚步，他知道夏知微说的都是对的，可还是控制不住想要冲出去，看着小店被砸，店里的东西被一件件扔到外面，在地面上摔得粉碎，他心如刀割。

看着沐星澜眼里的悲伤和隐忍，夏知微的内心也一阵钝痛，她忍不住拉起他的手，往小巷的另一端走去，不想再让他看下去："我们先离开，等他们走了再回来。"

沐星澜就这样任由她拉着，默不作声，一直走到离小店很远的地方，夏知微才松开了他的手。

两个人沉默了好久，沐星澜开口，脸上看不出什么表情："你今天就先回去吧，店里估计这几天都不会营业，你好好在学校待着，不要过来了。"

"那你呢？你打算去哪里？"夏知微心里隐隐有一种不好的预感，沐星澜现在的情绪不太稳定，她怕她一离开，他会出什么事。

沐星澜迟疑了一下："你别管，你先回去。"

"你不说，我是不会走的。"夏知微的表情倔强而坚定，"你是不是想要回去找他们算账？"

第八章 你是想起就会温暖的存在

沐星澜没回答,像是默认了夏知微的问题。

"我们现在唯一能做的,就是找到沐叔叔和李阿姨,然后和他们一起商量该怎么办,而不是鲁莽地冲上去和那些人理论或者打架。"夏知微定定地看着沐星澜,"你要不要给他们打个电话?"

沐星澜没吭声,眼里的怒气并没有完全散去,要说他心里对自己的母亲没有一丝怨言是不可能的。

从小到大,他对小店都有很深厚的感情,所以即便课业再繁重,他还是坚持帮小店送外卖,以减轻父亲的负担。

可现在因为母亲不知从哪里借了一大笔高利贷,把小店弄成这个样子,他的心里多少有点儿怨气。

夏知微见他不作声,无奈地叹了一口气,从口袋里拿出手机,拨通了沐叔叔的电话。

电话等了许久才被接通,沐绍明焦急的声音从电话那边传来。

"知微,你放学了吗?你和小星千万不要去店里啊,放高利贷的那些人又过来了!我刚才是从后门偷偷走掉的。"

"嗯……我们看到了。"夏知微想了想,如实说道。

沐星澜见爸爸接通了电话,接过夏知微的手机,按下了免提键。

"你们看到了?你们是已经去过店里了吗?见到那些人了?他们有没有对你们怎么样?"沐绍明的声音充满担忧。

"我们没事,已经逃出来了。"

沐绍明这才松了一口气:"小星一定很生气吧?之前还告诉过让他不用担心,一切都处理好了,现在却是这个样子……"

夏知微看着一旁默不作声的沐星澜,他脸上的表情依然有些凝重,心里的怒气似乎并没有消除。

"那沐叔叔,您现在在哪里啊?"夏知微问。

电话那边突然没了声音，过了好久，传来一声叹息："我在西郊的公园，刚刚才在这里找到你李阿姨，她情绪比较激动，我怕她想不开，你……"

沐绍明的话还没说完，沐星澜就跑回刚才停车的地方跨上单车狂奔而去。

"喂，沐星澜！"夏知微冲着沐星澜的背影大喊。

"小星？是小星吗？他怎么了？"沐绍明急切地问。

"刚才的话他都听到了，应该是去找你们了！"夏知微说完便挂掉电话，飞速跑到路边，准备拦辆车。

第八章 你是想起就会温暖的存在

4

好不容易拦到一辆出租车,不承想正值下班高峰期,来往的车辆堵成了长龙。

夏知微坐在车内,手指绞作一团,望着外面的长龙,内心无比焦急。

欠债,被债主追上门,这样的事情在夏知微的认知里是非常陌生的,毕竟在此之前,她过的一直都是顺风顺水、无比优渥的公主般的生活。但这次因为爷爷生病,她才真正体会到生活被搅得天翻地覆是怎样的感受。

所以,她很能理解沐星澜此时此刻的心情。

在拜托司机各种绕路以后,夏知微终于在半个小时之后赶到了沐绍明所说的西郊公园。

因为不是节假日,公园里的人并不多,夏知微一边跑一边四处张望,终于在公园的小湖边看到了难过憔悴的李阿姨,以及守护在她身边的一脸担忧的沐叔叔。

"沐叔叔。"夏知微小跑过去,却发现两个人的身边并没有沐星澜。

"知微?"沐绍明看到夏知微,感到非常意外,"小星呢?他没有跟你在一起吗?"

夏知微气喘吁吁地回答:"我是打车过来的,他骑的是单车。"说着,她走到李安琪的面前,见她一副魂不守舍、生无可恋的样子,放低声音问:"安琪姐,你还好吧?"

李安琪没有吭声,只是呆呆地看着湖面。

沐绍明叹了一口气:"我们也没有想到这些人会这么咄咄逼人,

原本打算月底把利息给他们，可谁知道房东突然说要加房租，房租一交，就剩不下什么钱了……"

"都是我不好，都是我的错！"一直呆呆看着湖面的李安琪听到这句话，突然用力地抓了抓头发，一脸的痛苦和懊恼。

"不要这样琪琪，琪琪，你冷静一点儿。"沐绍明一把抓住李安琪的手，帮她捋了捋凌乱的头发，试图稳住她的情绪。

李安琪安静下来，却低下头，开始大颗大颗地掉眼泪。

"如果不是我鬼迷心窍，也不会发生这样的事。本来那边的戏份结束，张姐是打算让我去他们剧组跑龙套的，可我想，我现在身份不一样了，好歹也是演过主角妈妈的人了，怎么能回去跑龙套呢？所以，当那些人找到我说，让我演那个什么网剧的女一号，我一口就答应下来，当时还想，我翻身的时候终于到了！可是，我真糊涂啊！什么样的网剧会需要像我这种年纪的女一号呢？开拍还没两天，负责人就说，因为投资商撤资，片子不能拍了，我还就傻乎乎地信了，说不行就借钱投资，现在网上不都说投资什么都不如投资自己吗？我就是一个笨蛋！彻头彻尾的笨蛋！信了这种低级的骗局！还搞得家没了，儿子还讨厌我……"

李安琪絮絮叨叨地说了一通，夏知微却从这番话中听明白了前因后果，忍不住重重地叹了一口气。

沐绍明轻轻地拍着李安琪的肩膀，安慰道："没关系的琪琪，钱没了我们可以再赚，小星也不是有意要怪你，他这两天不理你，可能是因为自己课业忙，你别多想，只要我们一家人在一起，就没有过不去的坎儿。"

"我太讨厌自己了，这个世界上怎么会有我这么傻的人？如果我不这么鬼迷心窍，不这么爱慕虚荣，就不会发生今天这样的事情！

第八章 你是想起就会温暖的存在

我真是该死！该死啊！"李安琪越说越激动，整个人似乎处于崩溃的边缘。

"安琪姐，你不要一直怪自己，一切都会好起来的。"夏知微也跟着劝道。

李安琪压根听不进两个人的话，她呆呆地站起身，忽然飞速地朝着湖边奔去。

夏知微和沐绍明显然都没有反应过来，就在这时，一道黑影出现拦住了李安琪，并将她一把拉了回来。

"妈，你这是做什么啊？"匆匆赶来的沐星澜额头和脸上都是汗水，他的手肘处还有擦伤的血痕，看样子应该是赶来的路上因为太着急而摔倒了。

被拉回来的李安琪蹲坐在地上，伤心地痛哭起来。

"对不起，儿子，对不起，都是妈妈不好，都是妈妈的错！"李安琪一边哭着，一边忏悔道。

沐绍明赶到她身边，眼睛红红的，声音有点儿责备："琪琪，你刚才是想要干什么啊？你知不知道你刚才吓得我……"话没说完，沐绍明呼吸一窒，整个人突然喘不上气来。

见状，夏知微连忙扶住他。

原本沉浸在悲伤中难以自拔的李安琪见自己的丈夫有些不对劲儿，被吓得停止了哭泣，她急忙用手抚着沐绍明的胸口，给他顺气："绍明，你别吓我啊，你赶紧坐下来。"

三个人把沐绍明扶到一旁的凳子上，李安琪擦了擦眼泪，像个做错事的小女孩一般，垂着头，不停地抽噎。

沐绍明缓了缓，语气疼惜地对李安琪说："琪琪，不管发生什么事情，我们都要一起面对，没有的，失去的，我们都可以慢慢挣，但你一定不能做傻事啊！"

听到这里，李安琪又忍不住红了眼眶："绍明，你为什么要对我这么好？我一直这么任性，还总是嫌弃你，可你一直对我这么好，从来没有变过。"

沐绍明看着李安琪的眼神变得更加深情和温柔，声音也充满宠溺："琪琪，从娶你的那天开始，我就在心里默默发誓，不管以后发生什么，我都要努力让你过上最幸福的生活。"

他知道，李安琪当时选择嫁给他，并不是因为爱他，而是受了情伤，觉得他是一个踏实可靠的人，可以托付终身。可他不在乎，只要能默默地守护着她，给她一个温暖的港湾，他就心满意足。

"琪琪，你别担心，钱的事情会有办法解决的，我的那张定期存单也快到期了，等到期了我就取出来，这个难关我们一定可以渡过去的！"

"不行！"李安琪突然否定道，"那笔钱是你存了好久准备买店铺用的，我知道你最大的梦想就是拥有一家属于自己的小店，这样就不用一直看房东的脸色了，你每天省吃俭用，好不容易才存到这些钱，不可以就这样花掉。"

"琪琪，你听我说，店铺的钱可以再存，眼下要解决的是你的事情，相比于我的梦想，你的梦想在我心里更加重要，你明白吗？"沐绍明的语气很是真诚，他看了一眼沐星澜，"我们一家人，不管发生什么都要在一起，有困难一起渡过。"

许是被沐绍明的真情打动，李安琪终于破涕为笑，她看着沐星澜，眼里满是歉意。

"儿子，你能原谅妈妈吗？"

沐星澜没有回答，而是张开双臂将两人圈在自己的怀中："好了，你们今天吓我也吓得够多了，李安琪（他竟然直呼起自己妈妈的名字），麻烦你以后像个大人一样，懂事点儿，不要一直闹失踪，有什么事情大家一起面对。沐绍明，你少在这里秀恩爱，我还是个未成年人呢！"

他的这番话瞬间逗乐了李安琪和沐绍明，把两个人从悲伤的氛围中拉了出来，一家三口又恢复了往常的嬉笑。

看着他们一家三口其乐融融的样子，夏知微感动的同时，忽而觉得一阵感伤。

这大概就是一个幸福家庭该有的样子吧？慈爱的父亲，可爱的妈妈，懂事的孩子……

而从小就失去父母的自己，根本不知道有爸爸妈妈是一种什么样的感觉。

她记得上幼儿园的时候，每当看到小朋友的爸爸妈妈来接他们，她就羡慕得不得了。这种感觉一直持续到小学，在发现不管自己怎么羡慕，爸爸妈妈也不可能回来的时候，她就告诉自己，她不需要父母，她有爷爷就够了。

她一直用这样的理由说服自己，令自己相信，即便没有父母的关爱和疼惜，她也一样可以活得很幸福。

可今天，在看到这样有爱的一家三口时，她心底埋藏已久的羡慕和失落不知何时又偷偷溜了出来。

原来，拥有一个温暖的家庭是这样的感觉……

原来，有两个无怨无悔爱着自己的人，就可以什么都不用害怕……

夏知微低下头，盯着自己的脚尖，不想被他们发现自己的难过，可眼泪却不自觉地落在地上，氤氲成一片。

"夏知微。"

就在这时,她的耳边传来一个声音。

她疑惑地抬起头,就看见沐星澜朝她伸出手。

正纳闷着,沐星澜一把拉过她,将她拉入三个人的拥抱中。

"我们要重整旗鼓,把小店搞得更加出色,你是小店的一分子,以后要一起加油哦!"

沐星澜的声音温柔而富有磁性,就像这夏天的风,将她心中的感伤一扫而尽。

虽然不知道他说这话是不是出于安慰自己,夏知微还是觉得心里暖暖的,她点了点头,眼神认真而坚定:"嗯,我们一起加油!"

第八章 你是想起就会温暖的存在

5

四个人心情很好地从西郊公园回到了小店,发现那些人已经离开了。看到被砸得破烂不堪的小吃店,李安琪感到非常愧疚。

沐绍明笑着打趣说:"旧的不去新的不来,我早就想换一套新的用具了。"说着,开始收拾起小店来。

沐星澜和夏知微连忙帮忙,而李安琪竟也破天荒地加入了小店大扫除的队伍之中。

虽然店里的很多东西都被砸得破烂不堪,所幸厨房里的厨具都完好无损,桌椅板凳虽然有所损坏,但大部分擦洗干净也都能用。

为了提高小店的营业额,沐星澜和夏知微两人想了不少办法。首先,他们帮小吃店开通了网上外卖模式,和各种外卖平台的合作全面上线,有了专门的骑手外卖,沐星澜的工作量减少了,小吃店的订单却不减反增。

首轮外卖平台的优惠和五星好评活动取得圆满成功以后,两个人又针对店里的畅销小吃推出了"热门小吃TOP3(第三)",并与微博上的各种吃货团合作,用晒美食发微博的活动来提高小吃店的知名度。又请来学校有名的漫画小能手为小吃店画了可爱的卡通人物形象,并在淘宝上做成萌萌的周边。

所有的这一切,都是夏知微和沐星澜两个人在一周之内完成的,至于高利贷那边,因为有了沐绍明提前支付的利息,便没有再来破坏,小吃店的一切都发展得极为顺利。

短短几天,小店的营业额竟然超过了前一个月的营业总额,以前从不愿意在小店多作停留的李安琪,也将自己打扮得美美的,在店里做起了收银员。

令她意想不到的是，原本以为明星梦与自己彻底无缘，没想到她这个老板娘凭借出众的长相和气质成了微博上热议的话题，并获得了"最美老板娘"的称号。

就像沐叔叔所说的，只要大家齐心协力，就没有过不去的坎儿。

虽然距离李安琪还清债务还有很长的一段路要走，但令人欣慰的是，所有的事情都在往好的方向发展。

而每天在小吃店忙里忙外，帮着想各种商业计划的夏知微，却把对于自己而言非常重要的事情完全抛在了脑后。

那个黑暗里伸出的令人惧怕的魔爪，像是某种可怕的病毒，正一步步朝夏知微靠近，而她，却浑然不知……

第八章 你是想起就会温暖的存在

第九章

来自内心深处的

那道呼唤

1

"知微,知微。"

一个熟悉的声音,用轻柔又而慈爱的语调在不停地呼喊着。

夏知微光脚走在满是雾气的水面上,冰凉的水包裹着她的脚,视线所及之处,只有黑白两色。

"知微,知微。"

那声音仍在呼唤,夏知微慌张地摸索,想要寻找声音的来源,可游走了许久仍是无果。

她想回应,喉咙却像被什么东西堵住一般,发不出任何声响。白色的雾气越来越浓,像飘浮着的云,聚集在她的周围。

她伸出手,想要触碰它们,却什么都没有抓住。

这个世界里似乎只有她一个人,她不由得觉得有些孤单和害怕,还好有那道温柔的声音陪着她,让她在这个陌生的世界里不至于惊慌失措。

"知微,知微啊……"

第三声呼唤后,夏知微听出了声音的主人,不是别人,正是她从小到大最亲近的人——爷爷。

自从爷爷在医院里昏迷不醒,她已经很久没有听到爷爷慈爱的声音了。

她在原地站住,想要和爷爷好好说说话,可不管怎么用力,喉咙里都发不出任何声音。

无助和急迫将她团团包裹起来,令她挣脱不得。

"啊……"

就在这时,一道刺耳的尖叫将她从梦里那个混沌迷茫的世界里拉了出来。

刺眼的阳光从窗外照了进来，填满了宿舍。

门外是同学们商量着周末去哪里玩的吵吵闹闹的讨论声。而宿舍内，朱瑶睁大双眼，用无比惊恐的眼神死死地盯着李笑鸽怀中的那只黄毛小狗。

"吓死我了！怎么会有狗？宿舍怎么能养狗？"

平日里都是沉默寡言、低调行事的朱瑶，此刻脸涨得通红，眼神里写满了恐惧。

李笑鸽没想到她的反应如此强烈，没好气地说："你才把我吓死了呢！不就是一只狗吗，用得着这么大惊小怪的吗？"

小黄狗是李笑鸽在训练的途中看到的，一连几天，她都会在前往训练馆的路上看到它，瘦巴巴的，一看就是营养不良，最重要的是，它好像还瘸了一条腿。

对小动物一向没有抵抗力的李笑鸽忍不住把它带回了宿舍，本以为会像以前一样安稳无事，却忘了宿舍里有个新来的朱瑶。

朱瑶磕磕绊绊地说："我从小到大最怕狗，你不会打算把它一直养在宿舍吧？"

"我倒是想，不过也不见得这个小家伙愿意！放心吧，过两天我就会把它送去收容所，会有人收养它的。"

说着，李笑鸽从床底下拖出一个铁笼子，"但在这之前，我可能还要照顾它几天，你不用害怕，我会把它关在笼子里，它是绝对不会伤害到你的。"

本以为这番话可以平复朱瑶的情绪，哪承想她的脸色更加惨白，似乎对这个铁笼并不怎么信任。

从梦里惊醒的夏知微坐在床上愣了半天，这下终于回过神来，

第九章 来自内心深处的那道呼唤

她知道朱瑶的心思，便主动帮她说话，对李笑鸽说："既然朱瑶这么害怕，要不，我下午跟你一起去找找有没有合适的收容所？反正今天也是周末。"

李笑鸽想了一下，正要答应，却见夏知微低头看了一眼手机，不知看到了什么，表情突然变得凝重起来。

"我有点儿事要出去一趟，李笑鸽，收容所的事情过两天我再陪你去找。"

夏知微说着，翻身下床，从衣柜里随意抓了一件衣服套在身上，就火速地冲出了宿舍。

就在刚才，她看到了一条时事新闻，新闻的内容不是别的，正是夏氏家族召开新闻发布会的事情。

新闻上没说发布会的具体内容，但结合林佳茉之前所说，想必就是姑姑计划的股东大会的事情。

夏知微一边跑，一边在脑海里回想着早上做的那个梦。

梦里爷爷不停地呼唤自己，为的就是提醒自己，要记得守护自己的东西，守护完整的夏氏集团。

可这段时间，为了帮沐星澜家的小吃店重整旗鼓，她早已经把这件事抛在了脑后。

夏知微不断地在心里责怪自己，网页上推送的新闻是即时新闻，上面报道说，发布会开始的时间是十点半。

现在是八点半，也就是说，自己还有两个小时的时间。

不管用什么样的方法，她都要阻止这场发布会举行……

夏知微在心里暗暗发誓。

2

等夏知微火急火燎地赶到发布会现场，距离发布会正式召开只剩下一个小时的时间。

会场设在一家知名大酒店的三楼宴会厅，各个平台的记者早已将会场围得水泄不通。会场来了很多社会上有头有脸的人物，来来往往的保安人员，以及各种服务人员让现场看起来热闹非凡。

看着密密麻麻的人群，夏知微想要找到姑姑好好地谈一谈，却在入口处被两个穿制服的保安给拦住了。

"请出示您的记者证或邀请卡。"一名留着寸头，表情冷漠严肃的保安对夏知微说道。

记者证？邀请卡？

这两样自己都没有啊……

夏知微有点儿慌神，可她很快就冷静下来。她抬起头，恢复以往高傲的姿态，气势十足地说："我是夏氏集团股份持有人，也是夏帆羽的孙女，你们让开，我要进去。"

"不好意思，没有证件就没有办法证明你的身份，我的职责是维持会场秩序，不是来认识什么夏帆羽的孙女。"

"你……"

夏知微被他这番话呛得无法反驳，但又不甘心就此放弃，便搬出了她以前"飞扬跋扈"的那一套："夏帆羽是夏氏集团的董事长，你连这个都不知道吗？我是他的亲孙女，独一无二的亲孙女！"

"小姐，我跟你说过了，我来这里的任务就是不让无关人等进入会场，上面给我下发的命令是：只有持邀请卡和记者证的人才可以进入会场，或者跟夏经理一起来的也可以进入。其他人等通通请

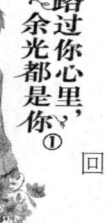

回。"

没想到这个保安这么死板,夏知微气不打一处来,她本想撂句狠话,泄泄心里的火气,可一想到就算跟他吵架,也对事情一点儿帮助都没有,便只能强忍着内心的不爽,努力挤出一丝笑容。

"这位大哥,您就让我进去吧,我真是有很重要的事情。这样吧,你要是放我进去,等我把重要的事情办完,我就替你向公司写一封感谢信,让他们好好谢谢你。"夏知微开始没皮没脸地求情道。

所谓大丈夫能屈能伸,这个时候,相比于脸面,混入会场才是最重要的事情。

哪想,保安大哥依旧是那副冷冰冰的模样:"不需要,请你离开。"

"你这人……"

简直油盐不进!

看来这条路是行不通了,夏知微哭丧着脸退到一边,开始四下张望起来,希望可以找到其他突破口。会场总共有四扇门,每扇门前都有三到四个保安把守,看他们一个比一个严肃的样子,求情肯定是没有希望了。

时间在一分一秒地流逝,夏知微心急如焚。眼看着就只剩下半个小时的时间,一道熟悉的声音在她耳边响起。

"夏知微。"

夏知微回过头,就看见扎着双马尾,穿着白色T恤,看上去清新又可爱的苏小小正一脸疑惑地盯着她。

"你怎么会在这里?"苏小小问,但刚问完,就立马反应过来,"对哦,这场会议是你家举办的,我都糊涂了。"

夏知微尴尬地笑了笑,自从发生上次帖子的事情之后,苏小小不知在忙什么,除了上课以外,很少能看到她的身影,大部分时候都是早出晚归。偶尔在宿舍碰了面,也基本不说话,气氛僵持到冰点。

"你怎么会在这里?"夏知微没有想到会在这样的场合看到苏小小,不由得有些惊讶。

苏小小指了指会场里面,说:"我暑假在南方报社实习,当时带我的师父正好今天来跟这条新闻,可他这个糊涂鬼忘了带记忆卡,我这不赶紧给他送过来了。"

"哦哦,原来是这样。"夏知微了然地点了点头,目光扫到苏小小身上佩戴的记者证,原本绝望的心情一下子复活了,也顾不得还在和她冷战,开口道,"对了,你能不能待会儿把记者证借我用一下啊?"

苏小小愣了一下,指了指脖子上的记者证,疑惑地问:"你要这个干吗?"

"我想进去。"夏知微指了指会场里面,一副难为情的表情。

"这发布会不是你家办的吗?你怎么进不去?"苏小小有些意外,随即意识到自己好像又开始八卦了,便连忙闭了嘴。

夏知微的神情有些尴尬,原想找个理由随便打发她,可本着不想欺骗朋友的原则,便只好实话实说:"这个发布会是我姑姑为了将我彻底赶出家门举办的,我刚才是想进去,却被保安赶了出来。"

苏小小微微一怔,没想到夏知微会把这些事情告诉自己,这是不是说明她真的已经把自己当作朋友了?她想起上次因为帖子的事情,夏知微提到的"朋友"二字,不由得内心一阵激动。

于是,心情大好的苏小小因为夏知微刚才的话义愤填膺,开始为她打抱不平:"你姑姑怎么能这样啊?这样还算是亲人吗?"说着,她一把摘下记者证,递给夏知微,"给你,我不进去了,你帮我把记忆卡带给我师父吧。"

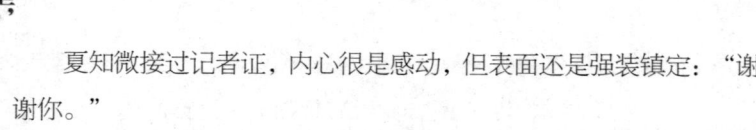

夏知微接过记者证，内心很是感动，但表面还是强装镇定："谢谢你。"

"客气什么？对了，找到我师父很容易的，他穿着南方报社的工作服，留了一抹小胡子，戴着黑框眼镜，他叫张宇航，我都叫他宇航师父。"苏小小从口袋里掏出手机，翻出一张照片，"喏，就长这个样子。"

照片里，苏小小扎着两个马尾辫，笑容明媚灿烂，白色的连衣裙衬托得她更加甜美可爱，她身边站着一名高个男生，穿着简单干练的白色衬衫，戴着黑框眼镜，让他原本沉着冷静的脸显得温柔了一些。

夏知微戴上记者证，正准备往会场里走，苏小小突然想起什么似的，从背包里拿出一个黑色的口罩递给她："把这个戴着，你刚刚不是说保安把你赶出来了吗？免得他们待会儿认出你来。"

见她考虑得如此周到，夏知微非常感动，同时也为自己之前对她冷漠的态度感到惭愧，想说些什么，千言万语汇成两个字："谢谢。"

而苏小小这边，本想跟夏知微解释一下帖子的事情，但觉得现在时机不合适，话到嘴边又咽了下去。

夏知微戴着口罩，拿着记者证，果然顺利地进了会场。

在会场众多的媒体之中，南方报社的标志算是特别显眼的，黑底黄标，简单明了。而穿着报社工作服的一共就两个人，一个是穿着红色连衣裙拿着话筒的漂亮女生，另一个则扛着摄像机，正专注地调试着镜头，看样子应该就是苏小小的师父了。

夏知微走到那个人的面前，从口袋里掏出记忆卡，问："你好，请问你是苏小小的师父张宇航吗？"

那个人的注意力从摄影机上移到夏知微的身上，他的头发微卷，眼神比照片里看起来更加深邃，嘴角微微上扬，看到眼前的女生，眼里晃过一丝意外，但立马就被他隐藏起来。

张宇航接过记忆卡，笑道："是的，我就是张宇航，谢谢你给我送记忆卡，小小呢？"

夏知微看着自己胸前的记者证，有点儿不好意思："她临时有事，就让我来送了。"

张宇航没有细细追究，将记忆卡装好以后，问夏知微："小姑娘，你待会儿要是有空，可以帮我打打灯光吗？"

夏知微看了看面前的反光板，想着正好可以借此来隐藏自己，便点了点头。

就在这时，拿着话筒的那名女生指着前方冲张宇航激动地嚷嚷道："那个就是夏氏集团的总经理夏小艾吗？"

夏知微闻言，朝她指向的方向看去，果然看到姑姑正大步走向主席台，她的身后跟着好几个保安，还有穿着公主蓬蓬裙的林佳茉。

夏知微往反光板后挪了挪，想要更好地隐藏自己，希望不被他们发现，可夏小艾像是察觉到什么似的，突然朝夏知微所在的方向看了过来。

两束视线在空中交汇，擦出"噼里啪啦"充满敌意的火花。

第九章 来自内心深处的那道呼唤

3

夏小艾没有想到夏知微会在这里出现,瞬间还以为自己看错了,可那双眼睛是夏知微没错。她微微侧头,对身边的保安耳语起来。

一看形势不对,夏知微的第一反应是上去直接跟姑姑摊牌,可随即一想,这样的场合,姑姑肯定不会管她说些什么,而是让保安直接把自己偷偷带离会场,这样发布会就可以顺利进行了。

夏知微的大脑飞速运转,正思考着到底哪一种方式可以让自己达到目的的时候,就看见几个保安凶神恶煞地朝自己所在的方向走了过来。

"这些保安怎么看起来像是要抓人的样子?如果这个时候会场发生了骚乱,那今天的发布会应该就没有办法举行了吧?"身后的张宇航也注意到了这一点,疑惑地嘀咕道。

不承想就是这么简单的一句话,却让夏知微从中找到了灵感。

与其被神不知鬼不觉地带走,倒不如制造点儿骚乱,这样就能简单粗暴地破坏发布会的举行。

想到这里,夏知微放下手里的反光板,在保安快要走近自己时,突然大喊一声:"救命啊……"随后开始在会场里跑起来。

保安们被这突如其来的一嗓子给吓住了,半天才反应过来,连忙追了上去。

几个人在会场上开始了你追我赶的戏码,但是由于现场的人太多,这样的追赶并没有引起太多人的注意。夏知微一边跑,一边挪动桌椅挡住保安的去路。

这样做,一方面能够减慢保安的步伐,另一方面可以造成响动,引起更多人的注意。

很快，不少媒体记者的视线就放在了飞奔在会场各处的夏知微以及她身后的保安身上，不少对八卦比较敏锐的记者更是拿出相机拍了起来。

而这时，加入追逐的保安人数越来越多，会场开始陷入混乱。夏知微的内心有些窃喜，可没过多久就开始担忧，要是待会儿真被抓住该怎么办？

"夏知微。"

刚跑到主席台附近，夏知微的耳边就传来一道熟悉的声音，她回过头，正想知道声音的主人是谁，却绊到了一根电线一样的东西，令她整个人瞬间失去了平衡。

慌乱之中，夏知微希望能够抓住什么东西，让自己不至于摔倒，却手忙脚乱地碰倒了更多的东西。

"砰"的一声。

随着夏知微重重地摔倒在地，那些被她碰掉的摄影灯、三脚架、摆放着甜品的桌台，以及记者区的栏杆，就像多米诺骨牌一样一一地倒下了。

"哐——"

花了好长时间才搭好的发布会主席台，只用了不到几秒钟的时间就宣告彻底毁掉。

现场一片狼藉，罪魁祸首夏知微看着眼前的情景，不由得瞪大眼睛，有些难以置信。

"躲开！知微！"

那道熟悉的声音再次响起。

夏知微还没反应过来，就被人一把拖了过去，随即落入了一个温暖的怀抱，耳朵也被一双温暖的手掌捂住了。

几乎在同一瞬间，她的身后传来一阵巨大的响声，头顶上的灯光设备应声掉落。

夏知微惊恐地闭上眼睛，若不是刚才有人把她拉了过去，恐怕自己现在已经在前往医院的路上了……

过了好久，夏知微缓缓地睁开眼睛。怀抱的主人穿着蓝色的格子衬衫，他的怀里有淡淡的薄荷香气。

是熟悉的，属于沐星澜的气息。

"你没事吧？"沐星澜的声音听起来非常担忧，他松开手，见夏知微安然无恙，这才松了一口气。

"你怎么会在这里？"夏知微疑惑地问。

可还没等到答案，沐星澜就一把将她从地面上拉了起来，至于那些保安，依然没有停下追赶的步伐。

"还真是执着……"夏知微忍不住嘟囔道。

此时的会场因为刚才的骚动乱成了一锅粥，记者和到场的宾客都显得有些慌张和茫然，还有不少人更是直接退了场。

见自己的目的已经达成，夏知微开心地拉着沐星澜的手准备逃离会场，却在出口处因为脚步太过匆忙，撞到了两个从左侧拐过来的人。

"对不起，对不起。"两个人当中的那个看起来年龄和夏知微差不多的女生头也没抬就开始道歉，声音轻轻的，听起来有些虚弱。

另一个是一名穿着灰色旧西装的男人，他一句话也没有说，直接拉着那个女生快速离开。

夏知微和沐星澜都有些蒙，正打算从大门直接离开，却发现不少穿着黑色衣服的保安正以极快的速度朝大门口聚集。

"这可怎么办？"夏知微一下子慌了。

沐星澜拉着她躲到酒店的一条走廊旁边，他靠着墙壁开始观察周围的环境，希望能够找到另一条出路，可看了半天，脸上的表情却越来越凝重。

就在两个人都不知道该怎么办的时候，一个熟悉的身影出现在他们的面前。

"那边有一条小道直通后门，你们从后门出去，就不会有人发现了。"林佳茉神色复杂地看着两个人牵着的手，指了指身后的方向。

夏知微没想到会在这个关头看到林佳茉，更没想到她会帮助自己，正在心底琢磨她这句话的可信度，却听林佳茉催促道："你们还不快走？要是被我妈抓到了，肯定不会放过你的！"

她说这话的时候表情很严肃，不像是欺骗人的样子。

夏知微忍不住问："你怎么知道这里有后门的？"

"你忘了吗？这家酒店外公也有投资啊！那会儿你老是去更好的希尔顿，而我每次就只能来这里玩……"林佳茉的眼里闪过一丝受伤的神情。

听到这里，夏知微有些内疚。

要她说出爷爷根本没有偏心这种话，她此时还真有些说不出口……

"知微，我们赶紧走吧。"沐星澜没等她们把话说完，便拉着夏知微的手朝林佳茉口中的后门走去。

这个时候，夏知微才意识到自己的手自始至终都被沐星澜紧紧抓着。触碰着他手心的温暖，她忍不住红了脸，内心像是有一群小鹿在乱撞一样，怦怦跳个不停，耳尖也在一点点地变热。

"林佳茉没有骗我们，这里真有一个门。"沐星澜望着近在咫尺的后门，开心地说道，丝毫没有察觉到夏知微脸上的变化。

第九章 来自内心深处的那道呼唤

夏知微的脸已经红得像番茄，但因为危机解除，她还是大大地松了一口气。

"对了，你怎么会来这里？"夏知微终于想起了这个令她无比困惑的问题。

沐星澜一边小心翼翼地四处查看有没有人跟上来，一边回答说："我刚好来这家酒店送外卖，下楼的时候在大堂看到了苏小小，她告诉我你在会场，担心你会出事，我就假扮成服务生混进来看看你到底怎么样了。"

听了沐星澜的话，夏知微觉得心里暖暖的，而且一想到刚才的牵手和之前那个拥抱，她就忍不住脸红，心跳也随之发生变化。

似乎只要有沐星澜在身边，她就会觉得特别有安全感，什么都不用害怕。

遇到沐星澜，就像是在下雨天找到了一处可以躲雨的屋檐，不管外面的风雨再大，只要在这个屋檐下就会感到心安。

这样的想法虽然不知道是从什么时候开始的，但可以肯定的是，随着时间的流逝，这样的感觉越来越浓烈，像是一株树苗在不断地生根发芽成长。

"对了，你不是来阻止发布会进行的吗？怎么会被保安追赶呢？"沐星澜推开后门，突然问道。

夏知微愣了一下，随后顽皮地一笑："是啊，刚才那样不是正好阻止成功了吗？"

沐星澜看着她的笑脸以及那双明亮的眼睛，一瞬间竟有些心疼眼前这个女孩。

直到苏小小把事情的前因后果告诉他，他才知道，这个平日里看起来骄傲又独立的女生已经被自己的亲姑姑赶出了家门，并算计着让她永远不能回去。

在沐星澜的心里,亲情是世界上最温暖、最美好的东西,犹如海上的灯塔,一直照亮着他前进的方向。

可他没有想到,这个世界上竟然还有一种亲情是建立在金钱和利益之上的,拥有这种冷漠亲情的,正是眼前这个看起来很坚强的女孩。

"对了,今天小吃店是不是也很忙啊?我都忘记跟沐叔叔请假了……"夏知微忽然想起自己早上出门的时候太过匆忙,完全忘了跟沐叔叔请假,有些不好意思。

沐星澜本想安慰她不用在意的时候,就见几个穿着制服的保安人员出现在他们面前。

从后门逃走的计划看样子也行不通了……

"夏小姐,麻烦你跟我们走一趟。"一名皮肤黝黑,表情严肃的保安声音冷漠地朝夏知微做了一个"请"的动作。

第九章 来自内心深处的那道呼唤

4

沐星澜和夏知微被迫分开以后,他被另外两个保安带到酒店大堂,并告诉他可以先回家了。

"你们打算把夏知微怎样?"

沐星澜望着夏知微消失的身影,冲那些保安咆哮道,心里隐隐有一种不好的预感。

保安们没有理会沐星澜,直接离开。

沐星澜冲到他们前面,伸手拦住他们的去路,愤愤地说:"带我去找她!"

其中一个戴着徽章的保安看着沐星澜,一脸轻蔑:"小伙子,你和这个夏家小千金根本不是一路人,你最好还是不要管她的事情了。这家酒店他们夏氏集团也有股份,你和我充其量都是给他们打工的。"

顿了顿,他又继续说:"让我们找她的是她的姑姑,你觉得我们能对她怎样?这件事说白了就是她们的家事,我们这些外人根本管不着,你明白吗?"

保安的话一下子击中了沐星澜的软肋。沐星澜沉默下来,而保安们则直接绕过他走掉了。

站在原地的沐星澜在心里不停地问自己,这件事到底要不要管?夏知微现在有没有处在危险之中?

如果真像保安所说,这是她们的家事,那自己是不是应该不要想太多?

可思虑再三,沐星澜还是觉得有些不安,毕竟苏小小说过,这场发布会就是夏知微的姑姑为了彻底将她赶出家门而举办的。

所以，在她们的家里，所谓的家事也是没有人情味儿可言的……

想到这里，沐星澜在心底暗暗决定，他哪儿也不去了，就在大厅等她。

而此刻的夏知微则是被几个保安带到了一个巨大的会议室，会议室里，有关夏氏集团简介的幻灯片正在缓缓播放。

坐在皮质座椅上，夏知微盯着自己的脚尖，心里嘀咕着，不知道待会儿会跟姑姑来一场怎样的对决？

但她知道，让她把自己的股份转让出去以及彻底离开夏家是不可能的，这辈子都不可能的。

"砰……"

厚重的木质门被推开，姑姑走了进来，跟在她身后的有林佳茉和几个公司的工作人员，还有那个夏知微最不想见到的人——

许眉。

正是这个女人，在爷爷生病住院以后搅乱了她的家，让她的生活发生了翻天覆地的变化。

夏知微还记得第一次见到许眉的时候，她穿着破旧的白色连衣裙，背着裸色的皮包，脚踏一双黑色高跟鞋，虽然化了浓浓的妆，却仍然掩饰不住脸上的憔悴。

她的出现让姑姑很是震惊，这个不知从哪里来的落魄女人赖在自己家死活不愿意离开。

姑姑刚开始的时候十分反感她，赶了她好几次，可后来她不知道跟姑姑说了什么，姑姑竟然一改之前冷硬的态度，向她敞开家门，接纳了她。

没过多久，许眉就带来了一个和夏知微年纪相仿的女孩，那女

第九章 来自内心深处的那道呼唤

孩穿着粉红色连衣裙,扎着马尾辫,脸色苍白,看起来有些瘦弱,走进夏家的时候,始终低着头,吃饭时,也总是躲在姑姑给她准备的小房间里,很少出来。

毫无预兆地,这两个人堂而皇之地住进了夏家,许眉的精气神也一天天变好,她每次看到夏知微,眼神里都充满探察,似乎想从她身上找寻到什么一样。

夏知微一开始以为她是姑姑的朋友,便礼貌相待,却没想到她对待自己的态度和姑姑一样,充满敌意。

就在她百思不得其解的时候,姑姑告诉她,她并不属于夏家,而那个每天把自己关在房间里不吭声不下楼的女孩才是爷爷的亲孙女。

也是这时,夏知微才知道许眉根本就不是姑姑的朋友,也不是没有原因突然出现的,她整个人就是姑姑为了得到自己的股份以及将自己赶出夏家的一个阴谋。

本来想要拆穿姑姑的阴谋,可怎么也没有想到姑姑竟然会那么狠心地把自己赶出家门,还停掉了她所有的信用卡,一点儿后路也不给她留。

虽然现在想起来仍旧会让夏知微觉得痛苦和愤怒,但她不得不承认,如果不是因为这些事,她一个曾经养尊处优的大小姐是绝不可能住进集体宿舍的,也绝不可能去小吃店打工。

那么也就不会遇见沐星澜,不能和苏小小、李笑鸽成为朋友了……

"夏知微。"夏小艾的声音响起。

夏知微抬起头,姑姑的表情永远都是那么高高在上,气焰嚣张。

"你今天可以啊!好好一个发布会被你搞得根本没有办法举行!"夏小艾气愤地拍了一下桌子。

看到她如此生气的模样,夏知微突然觉得心里挺爽的。

"妈,你够了,再怎么说夏知微都是我们的亲人,你为什么要这么对她啊?"

一直在一旁默默看着这一切,至始至终都没有说话的林佳苿终于忍不住开口。

夏小艾瞪了林佳苿一眼:"你给我闭嘴,你这个不争气的东西,我叫你回来不是为了让你帮她说好话的,你是不是忘了你外公是怎么偏心的了?"

林佳苿被说得脸色红一阵白一阵的,闭上嘴不再说话。

夏知微知道姑姑对林佳苿一向很苛刻,不然也不至于将她送去国外待了那么久,但没想到她会这样数落自己的女儿。想到林佳苿刚才帮助自己和沐星澜离开,这会儿又帮自己说话,便站起身冷冷道:"你不要说佳苿了,你知道怎么当好一个大人,一个母亲吗?从小到大,你就只会逼着她跟我比较,从来对她都是种种埋怨,你有没有考虑过她的感受?"

这番话彻底激怒了夏小艾,她瞪大眼睛看着夏知微一字一顿地说:"我怎么教育孩子不用你管!你知不知道你这种破坏发布会的行为已经严重危害到了公司的利益?"

"我危害公司的利益?"夏知微冷哼一声,直视夏小艾的眼睛说,"你想从我的手上拿走股份,让不认识的人进入夏家,还编造她们的身份。破坏公司利益和违背爷爷意愿的明明就是你!我告诉你,你永远不可能从我手里拿走属于我的股份!"

"哦?是吗?"原本恼羞成怒的夏小艾忽然得意一笑,"你真

第九章 来自内心深处的那道呼唤

的认为我没有办法从你手上拿到股份吗?"

夏知微一下子警觉起来。

夏小艾看向身后的工作人员,说:"你们告诉她股份转让协议书上写的是什么。"

一名戴着金色边框眼睛,穿着干净利落的职业装,看起来很秀气的小姐姐站了出来,她打开黑色的文件夹,看着上面的文字,语气冷静地说道:"夏董事的股份转让协议上写着,若股份继承人,也就是夏知微小姐您,有做出任何损害公司利益的事情,便将自动失去继承股份的资格。"

"听见了没有?你刚才的行为就是在损害公司的利益。"

她示意刚才那名工作人员坐下,眼神变得凌厉起来,对夏知微说:"我告诉你吧,今天根本不是什么股权转让大会,而是公司的新品发布会!"

公司的新品发布会?怎么可能?

夏知微的心咯噔一下,她疑惑地看向林佳茉,这个向她透露消息的人,哪承想林佳茉也是一脸迷茫的表情。

"我不知道你是从哪里得到的消息,专门跑来破坏公司的新品发布会,不过……"

夏小艾话锋一转,"既然你主动放弃了资格,那就不用我再费心了。"

一句话犹如晴天霹雳,夏知微整个人呆若木鸡。

姑姑刚才的话是什么意思?自己的股份怎么就没了?

她努力地想要在脑海里理清事情的思路,可脑子里只有"嗡嗡嗡"的声音,乱糟糟的,一片混乱。

"妈,你不是告诉我今天是股权转让会吗?"林佳茉疑惑地问夏小艾。

夏小艾看了她一眼，漫不经心地说："你一定是听错了。"

"我不可能听错的。"

林佳茉据理力争道，而后看着自己的母亲，狐疑地问："妈，你是不是在利用我？"

"怎么说话呢？"夏小艾的脸色忽然沉了下来。

"我明明记得你跟我说过今天是股权转让会，还说对知微很重要，她……"

"住嘴！"

林佳茉的话还没有说完就被夏小艾打断了。

夏小艾看着自己的女儿，冷冷地说："注意你的身份，你以为你现在所拥有的这一切都是谁给的？"

林佳茉呆呆地看着自己的母亲，第一次觉得她是那样陌生，从小到大，她一直按照母亲的意愿做事，虽然知道她的有些行为很过分，却从没想过要反抗她，因为她知道母亲是爱自己的。可这一次，真的有些过分了……

夏小艾见女儿这副模样，也有点儿于心不忍："佳茉，你要体谅妈妈，你要知道我所做的一切都是为了你。"

"可如果是为了我，又怎么会利用我呢？"林佳茉失神地说。

"够了！"

夏小艾的眼神骤然变得冰冷，耐心全无，她吩咐身边的工作人员把林佳茉带出去。

林佳茉挣扎着，眼泪开始大颗大颗地往下落，一边被工作人员往门外拉，一边大声地吼道："我怎么会有你这样的妈妈？"

夏小艾望着她消失在门外的身影，眼里闪过一抹受伤的神色。

整个会议室因为林佳茉的离开陷入了可怕的死寂，过了好久，夏小艾才缓缓开口："夏知微，其实我要谢谢你，要不是你的莽撞，我也不会这么容易就得到你的股份。"

夏知微仿佛灵魂被抽空一样地瘫坐在椅子上，过了很久，大脑才渐渐恢复清明。

如果，如果自己能稍微思考一下，稍微冷静一点儿，就不会掉进姑姑设的圈套里，就可以守护住爷爷的东西……

可现在……

夏知微很想放声大哭，可她不能。

她不能在这些人面前哭泣。

她要忍住，要忍住。

她捏着拳头，指甲重重地嵌进肉里，一丝红色的血液缓缓流出，可她已经感觉不到痛了，因为此刻，她内心的痛要比手上的痛上百倍，千倍……

就在这时，曾经跟自己亲密无间的张姨神色慌张地拉着一个穿着制服的保安走了进来，犹豫道："大小姐，夏颖小姐刚才在会场不见了……"

"什么？"夏小艾和许眉同时站起来，声音无比尖锐。

许眉走到张姨面前，声色俱厉地责问道："不是让你好好看着她吗？怎么会不见了呢？"

"我……我……我是好好看着的，但是夏小姐非说她想要自己待一会儿，就让我在外面等她，我不过稍微一个晃神，她就不见了……"张姨说完低下头，不敢看许眉的表情。

"那你们还不赶紧去找？去找啊！"许眉指着张姨骂道。

张姨一把拉住旁边的保安，像是抓住救命稻草一般结结巴巴地说:"我去找了,一直在找,这个保安同志说,他刚才看到夏颖小姐和知微小姐在一起。"

恍恍惚惚中,夏知微似乎听到有人提到了自己的名字,她还没来得及思索发生了什么事情,脸上就传来一阵火辣辣的疼。

许眉扬着巴掌,恶狠狠地瞪着她:"夏知微!你还我女儿!"

第九章 来自内心深处的那道呼唤

第十章 好朋友就是坏事一起扛

1

这个世界从来就不缺少冤枉和污蔑，毕竟很多事情就像不停旋转着的万花筒，每个人看到的都是不一样的画面。时间和角度的不同，都会让发生的事情产生不一样的视觉效果。

我们的眼睛和眼界决定了我们在接触和了解某件事的时候，只能看到我们想要看到的那一面。

就像今天，夏知微在被许眉一巴掌打得晕头转向后，这才知道自己与那个叫作夏颖的女孩的失踪扯上了关系。

许眉甚至认为夏知微是刻意绑架夏颖。

夏知微听着这些没来由的诬赖，觉得好笑极了，这个夏颖自从出现在她的世界里，她就没见过她几次。

一个连模样都记不住的人，自己为什么要绑架她？

"你就是害怕我们家小颖取代了你在夏家的位置，所以专门设计绑架了她，对不对？"许眉指着她愤怒地说。

夏知微的脸火辣辣地疼，她现在只想回手给她一巴掌，可她到底忍了下来。

"夏知微，你最好老实交代，你到底把夏颖藏到哪里去了？"姑姑也跟着质问道。

"我完全听不懂你们在说什么。"夏知微仰着头，冷冷地说，"而且我也没有碰见过什么夏颖。"

"可我明明看到你们四个人在一起，夏小姐还弯腰跟你说了些什么，只是那时我一下子没反应过来，刚刚才想起来。"保安一脸肯定地说。

四个人？弯着腰？

这些细节在夏知微的脑海里不断回放，最终构成了一幅完整的画面。

在和沐星澜从会场跑出来的时候，他们撞到过两个人，其中那个女生的模样确实有一种似曾相识的熟悉感。

夏知微觉得头微微有点儿疼，她闭上眼睛，努力地回想着当时的情景，试图拼凑出那个女生的模样。

苍白的脸上有一双圆圆的漆黑的眼睛，纤长的睫毛加上微微泛白的嘴唇，给人一种楚楚可怜的美感。柔顺微黄的长发一直垂到腰间，瘦弱纤细的身躯被白色宽大的连衣裙包裹着，一双褐色的小皮鞋是全身上下唯一娇俏可爱的存在。

对了，那个人，就是曾经与自己有过几面之缘的夏颖。

可是带走夏颖的那个中年男人又是谁呢？

看夏颖当时的模样，并不像是被强迫带走的啊！

如果不是被强迫带走，那是不是就意味着那个中年男人和夏颖根本就是认识的？

夏知微努力地回想着，希望能够记起更多的细节。

可就在她坐在会议桌前细细回忆，试图理清线索的时候，许眉则以为她是不想合作，死不承认，便拿起手机，直接拨打了报警电话。

等夏知微觉得回忆得差不多，打算把自己的发现告诉大家的时候，却发现会议室里不知什么时候多了几个穿着制服的人，许眉正拉着他们焦急地说着什么。

"警官，麻烦你们一定要找到我的女儿，她身体不好，必须按时吃药，如果不尽快找到她，我怕她会有生命危险。"她说着，指向夏知微，"而且嫌疑人就在这里，你们只要对她进行审讯就可以了。"

莫名其妙地被指控成嫌疑人，还有可能被警察带走，夏知微气得一拍桌子猛地站起来为自己辩解道:"不是我,不是我,我只是恰巧撞到了她!"

"她在撒谎,她刚才还说没有见过我的女儿,现在又说是恰巧撞到!哪有那么多的恰巧?"许眉的情绪有些失控,夏颖的失踪显然已经让她丧失了理智。

"女士,女士,你不要激动,如果你的女儿真的像你所说的身体患有疾病,且需要按时吃药,我们可以帮你调查,你先跟我们回警局,好好说一下事情的经过。"同行的另一名女警官声音轻柔地安慰道。

听到这句话,许眉的情绪才缓和许多:"好,我跟你们回警局,但她也要一起,她可是重大嫌疑人!"

夏知微百口莫辩,她觉得自己现在是跳进黄河也洗不清了。

那名女警走到她的面前,和善地说:"小姑娘,你跟我们回警局协助调查一下吧!你不用紧张,我相信你绝对不可能是什么绑架嫌疑犯。"

女警官的话让夏知微的眼眶忍不住泛红。

很多时候,委屈和难过都不足以让夏知微流泪,因为她足够坚强,可就是这些陌生人不经意间的暖意,让她忍不住鼻子泛酸,万万没有想到,这个时候最信任自己的不是亲人,而是一个陌生的警官。

与许眉还有姑姑跟着警察一起走出会议室,刚到大堂,一群记者就蜂拥而上,耀眼的闪光灯在这个时候就像是一记记响亮的耳光,冰冷地拍在夏知微的脸上。

在灯光闪烁的间隙,她看见一脸担忧的沐星澜正焦急地朝自己靠近,可因为记者的人数和扛着的机器设备太多,他根本靠近不了她,只能在外围焦急而关切地望着自己。

"夏经理，夏经理，作为夏氏集团的代理董事长，今天夏氏集团的新品发布会被迫终止，请问您有什么话要说？"

"听说扰乱记者会的不是别人，正是夏家最受宠的千金夏知微，请问她跟您有什么过节？"

"今天的事情肯定会影响明天夏氏集团的股市走向，请问对此您怎么看？"

"夏老董事已经在医院躺了好几个月，这几个月都在传言夏氏集团即将有非常大的人事变动，是不是真的？"

一系列问题像机关枪一般袭来，夏小艾全程都只微笑着，避而不答。

夏知微知道，这是姑姑想要保住股价不得不做出的回应，如果这个时候再掀起什么风浪，那明天开市的时候，夏氏集团的股价肯定会下跌，到时候，其他股东代表肯定会有微词。

本以为这样就可以躲开追问，可那些记者很快就发现保安身边随行的两名警察，问题便开始变得尖锐起来。

"夏经理夏经理，请问警察是过来调查这次发布会被破坏的事件吗？"

"破坏发布会的是您的侄女，难道您这是准备大义灭亲，把自己的侄女告上法庭吗？"

"对了，还听说发布会现场有个女孩失踪了，请问是真的吗？还有这个女孩跟夏氏集团有什么关系？警察是来调查那个女孩的失踪事件还是这次的发布会事件呢？"

听到这个问题，原本默不作声的许眉突然愤怒地看向夏知微，并朝一众记者吼道："是她，就是她绑架了我的女儿！"

这话一出，所有的记者先是一愣，随后镜头纷纷朝夏知微的方向转去。

瞬间，夏知微觉得自己仿佛丧失了所有的视觉，眼前白花花一片，像极了几年前在日本箱根看到的雪景。整个世界都是苍茫一片，闪亮的白让眼睛失去了分辨事物的能力。

她张开嘴想要解释，可还没发出声音，就因为绊住了什么东西，整个人失去平衡重重朝后倒去。

难以名状的痛从头顶蔓延至全身，地板的冰冷让夏知微觉得自己此刻仿佛置身于寒冬之中。她的嘴唇艰难地嗫嚅了一下，却感觉视线越来越模糊，意识也一点点散去。

"夏知微！"

是那个熟悉的声音，穿越人潮，穿越纷纷扰扰的嘈杂和喧嚣，飘入了夏知微的耳朵。

这个世界上，如果有一个声音可以让所有的害怕消失，让所有的坚强瓦解，那么就是它了。

嗨，沐星澜，你是让人心安的屋檐，你是给人温暖的隧道。

夏知微知道，自己这段时间就像是战战兢兢地走在快要碎裂的冰面上，抑或是行走在大雨滂沱的夜晚，而沐星澜的出现，是一盏灯，是一把伞，是一杯热可可，是一件毛衣。

是所有温暖和安心的合集……

是给她勇气和信心的港湾……

2

夏知微再睁开眼的时候,看到的是两张担忧和关心的脸。

"你终于醒了,吓死我们了!"苏小小说话的时候,不知道是不是因为太过担心,声音中隐隐有一丝哭腔。

夏知微揉了揉发痛的脑袋,一脸疑惑:"我怎么了?"

一旁的沐星澜皱着眉头,看着虚弱的夏知微有些心疼,正想回答她的问题,却被苏小小抢先了。

"就是你在被记者追问失踪事件的时候不小心摔晕了,然后沐星澜突破重围,英雄救美,一把抱起你把你送到了医院!"

虽然苏小小说的是事实,但"英雄救美"四个字还是让沐星澜红了脸。

夏知微忍不住朝沐星澜投去一抹感激的眼神:"谢谢你……"

"没……"沐星澜的眼神有些闪躲,还没来得及回应,苏小小打断了他。

"对了,你现在感觉怎么样?你说你摔哪里不好,偏偏摔到了头。有没有觉得头晕?还记得我是谁吧?记得之前发生的事情吗?没有失忆吧?"

听到这些白痴的问题,夏知微忍不住翻了个白眼:"放心,我没有失忆,也没有变傻,我记得你是谁,也记得之前发生的事情。"

苏小小这才松了一口气:"那就好,那就好。"

"对了,警察呢?不是说要我配合调查吗?"夏知微见病房里除了他们两个人再也没有其他人,不禁有点儿疑惑。

"警察已经走了,因为……"沐星澜正要跟她解释,却再次被苏小小打断了。

"那两个警察已经走了,我跟你说,那个男警察细看还挺帅的呢!他们压根就没有怀疑过你,女警察也挺温柔的,我以前一直以为警察都很凶的,可……"

就在苏小小打算絮絮叨叨发表一堆评论的时候,一直被她插话的沐星澜终于忍无可忍地打断了她:"你先停一下,听我跟她说完可以吗?"

苏小小见他表情有些严肃,这才消停了些,吐了吐舌头,捂住自己的嘴巴,表示不再插嘴。

"两个警察已经走了,我跟他们说了当时的情况,我们俩当时只是和那个失踪的女生恰巧撞见。我分析了一下当时的状况,基本可以断定,那个叫作夏颖的女生并不是被绑架,因为带走她的那个中年男人并没有强迫她的意图,所以他们俩应该是认识的。听我说了这些结论以后,警察决定回酒店调监控看一下,如果二十四小时以后夏颖还是没有回家,他们就会立案。"

听了沐星澜这番话,夏知微这才松了一口气。

"其实在会议室的时候我就是这么分析的,本想跟他们说清楚,可他们压根就不听我说话,也不相信我……"说到这里,夏知微的眼神黯淡下来,言语间也有些丧气。

沐星澜安慰她说:"没事,他们不相信你,我们相信你。"

"嗯嗯!"苏小小用力地点了点头。

看着沐星澜和苏小小真诚的眼睛,夏知微的内心一阵感动,她想说些什么,就在这时,查房的医生走了进来,要带她去做一个全面检查。

直到确认身体没事,沐星澜和苏小小才扶着夏知微出了医院,打算回学校。

不过一天的时间，夏知微却觉得仿佛过了一个世纪。

漆黑的夜幕上繁星点点，湿湿热热的风轻轻吹拂。灯火通明的马路上，来往的车辆倏然驶过。走到一家便利店时，沐星澜停下脚步，让她们俩等一下，然后快步走到便利店买了三支冰激凌。

冰凉的甜意在舌尖融化开来，似乎将白天的倦意稀释了一点儿。

三个人都没有说话，就连聒噪的苏小小也闭上了嘴巴。沐星澜推着单车跟在两个女生的身后，一直将她们送到宿舍门口才放心地离开。

看着沐星澜消失在夜幕中的身影，夏知微的心里瞬间涌出万千感激之情，却不知道该怎么表达。

如果这个世界上有不用开口就能传达心意的工具就好了。

每次看着沐星澜，夏知微都希望那些说不出口的感激，他都能一一接收。

第十章 好朋友就是坏事一起扛

3

"走吧,回去好好睡个觉。"待沐星澜的身影消失在两人视线中后,苏小小拍了拍夏知微的肩膀。

夏知微点了点头,一想起这些日子和苏小小的冷战,就觉得心里很过意不去。经过一番激烈的思想斗争后,她终于忍不住开口:"苏小小。"

"嗯?"苏小小疑惑地回过头。

"今天谢谢你,之前的事……"夏知微想跟苏小小说声对不起,却意外地被她打断了。

"夏知微,如果我跟你说上次那个帖子真的不是我发的,你会不会信我?"苏小小没了平日里嬉笑的模样,而是换上了严肃正经的表情。

若是之前,夏知微真不知道该怎么回应,因为帖子发布的时间点实在是太巧合了,但经过今天的事情,在被莫名其妙地冠上了绑架犯的头衔以后,她知道,很多事情并不像她表面看到的那样。

"嗯,我相信你。"沉默了一会儿,夏知微坚定地说。

苏小小有些意外,她先是愣了一下,然后尖叫出声,接着扑到夏知微的身上伸手抱住她激动地说:"真的吗?你真的相信我?那就是说,你不怪我了?"

夏知微被苏小小抱得有点儿喘不过气来,可即便这样,她的心里还是有温暖在一点点地蔓延。

"嗯嗯,不生气了,我们都不要生对方的气了。"夏知微哭笑不得地再次肯定道。

苏小小兴奋得就像心里面有一百只鸽子飞过,她一边开心地哼着歌,一边拉着夏知微往宿舍走。

"你都不知道,我这几天可郁闷了,我真的很害怕你不理我,还有李笑鸽,她之前不是一点儿也不喜欢你嘛,但因为这件事情,对我态度也不好了……"

"我们明天一起去吃火锅吧?我知道有一家店很好吃!还有,待会儿到宿舍,我们要不要一起看动漫啊?《夏目友人帐》有更新哦!"

一连打了好几个哈欠的夏知微觉得自己累得都快要散架了,摆摆手拒绝道:"不了,你自己看吧,我只想赶紧洗完澡瘫在床上了。"

"好吧,你今天也累得够呛。对了,你的头还痛不痛?医生说你之所以晕倒,和你心理压力太大有关。"

"没那么痛了。"夏知微轻轻地揉了揉自己的太阳穴。

就这样,两个人有说有笑地走到了宿舍,一进门,夏知微就猝不及防地收到了一个拥抱。

和苏小小热情的拥抱不同,这个拥抱明显有些尴尬和勉强。

"什么情况?"苏小小看到眼前的景象有点儿傻眼。

而被李笑鸽突然抱住的夏知微更蒙:"怎……怎么了?"

李笑鸽不自然地松开手,一脸别扭的表情:"刚才宿管来我们宿舍把我的电饭煲收走了,她原本是来调查小狗的事的,幸好我下午给小狗找到了收养的人,不然就惨了。"

"啊?宿管怎么知道你在宿舍里养小狗呢?"苏小小问。

李笑鸽一脸茫然:"我也不知道,不会是被什么人知道了,然后去告密了吧?"

夏知微和苏小小对视一眼,她们俩今天一整天都不在宿舍,肯定不会是她们。那就只剩下一个可能。

第十章 好朋友就是坏事一起扛

两个人的视线落在还没有回来的朱瑶的床上，不约而同道："是她？"

"应该不可能吧。"李笑鸽摇头。

苏小小想了一下，也是，没有任何证据就冤枉朱瑶确实不公平，她看了一眼李笑鸽，打趣道："欸，不对，宿管阿姨来宿舍就来呗，你干吗抱住夏知微啊？"

李笑鸽不好意思地挠了挠头："我只是想表达一下我的感激之情。"说着，看向夏知微，"夏知微，谢谢你，上次的停电事件原来是你去宿管阿姨那里揽下了责任才解决的，害你损失了几百块钱，还有你的电吹风。"

没想到平时大大咧咧的李笑鸽竟然也有这么害羞的一面，夏知微笑着摇摇头："没事，都过去了。"说着，就要去卫生间洗漱，却听李笑鸽在身后喊了一声。

"那个……夏知微，我们做朋友吧，死党的那种。我以前一直对你有偏见，总觉得你漂亮又有钱，心眼肯定不怎么好，可跟你相处以后才发现，是我自己狭隘了。"

夏知微一下子怔住了，有些不敢相信自己的耳朵。

李笑鸽红着脸别别扭扭地继续说："以后有我罩着你，就不会有人敢欺负你了……"

"哎呀，不要搞得这么温情啦！以后我们三个就是好朋友啦！"苏小小拉着李笑鸽和夏知微的手，摇摇晃晃地撒娇道。

李笑鸽嫌弃地看着她："谁要跟你当朋友了，我是要跟夏知微当好朋友，你瞎凑什么热闹？"

"我哪里是凑热闹？我是在给你机会，让你拥有一个像我这么可爱的朋友！"苏小小不服气地辩解道。

"我呸,你哪里可爱了?分明是聒噪,聒噪,你懂吗?"

"我不是聒噪,我是可爱,可爱你懂不懂?"

看着两人拌嘴的样子,夏知微突然发现,如果身边有朋友,有喜欢的人,就算遇到再糟糕的事情,都不会觉得那么难过了……

事情的发展总是那么奇妙,在这之前,她的字典里根本没有"朋友"这个词。身边真正信任且对自己友善的,除了爷爷就再也没有其他人。

原本以为爷爷不在身边,自己就只能踽踽独行,却没有想到,短短的一段时间,她就收获了一拨又一拨的温暖……

4

睡眼惺忪地迎接新的一天,夏知微穿着粉红色的草莓睡衣,大大地伸了一个懒腰。

她揉着眼睛下了床,正准备洗漱,却发现苏小小和李笑鸽两个人坐在一起,用如临大敌的表情盯着手机发呆。

"怎么了?你们在看什么?"夏知微走到她们身旁,探头看向苏小小的手机屏幕,李笑鸽却突然站起来,挡在她面前。

"我们在看八卦,明星的八卦。"李笑鸽解释的时候,脸上带着不合时宜的严肃。

"八卦?"夏知微有点儿疑惑,"你什么时候关心起明星的八卦了?难不成是关于林菲菲的?菲菲怎么了?怎么突然上八卦新闻了?"

李笑鸽神色一僵,一时之间有些语塞。

见她这副模样,夏知微不禁感到疑惑。就在这时,苏小小举起手机:"喏,就是这个八卦。"

夏知微看向手机屏幕,发现不过是林菲菲为某大品牌在上海新开的旗舰店剪彩的新闻,狐疑道:"给品牌剪彩也能算八卦吗?"

"当然啦!"苏小小圆圆的黑眼珠滴溜溜地转了转,"本来剪彩算不上八卦,但听说这个品牌的大中华区总裁是个年轻帅气的英国人,还是林菲菲的忠实粉丝,所以不排除邀请她参加这个活动是有别的目的!"

夏知微白了她一眼,背过身进了洗手间:"你还真是专业,这么幕后的消息你都知道。"

"那是当然!像我这么有职业操守的人,对这种八卦的嗅觉可是十分灵敏的！"苏小小见夏知微相信了自己说的话，重重地舒了一口气。

一旁的李笑鸽忍不住对苏小小这次的完美掩饰竖起了大拇指："你真厉害。"

苏小小得意一笑："那是当然，也不看看我是谁。"

"可这件事能瞒她多久呢？她自己看了手机，不就知道了吗？"李笑鸽皱着眉头，似乎很是担忧。

"那就先不要让她看手机，这两天我会去公安局看看有没有新的线索，再去找我师父看看他有什么办法没有。"苏小小说到这里，郑重地看着李笑鸽，"总而言之，这一次，我们一定要帮助她，不能再让夏知微一个人作战了。"

李笑鸽点了点头："嗯。"

对于这两个人商定的事情，夏知微完全不知情，她洗漱完站在衣柜前，搭配起今天要穿的衣服。

这时，买早餐回来的朱瑶看着几个人说："今天食堂的包子很好吃，你们要不要赶紧去买几个？"

"真的吗？那我待会儿要多吃几个！"李笑鸽一听到好吃的，就非常兴奋。

"就知道吃！"苏小小嫌弃地看着她。

朱瑶拿着包子走到夏知微面前："夏知微，你吃早餐没？我多买了两个，给你一个吧。"

夏知微接过包子正想道谢，就见朱瑶从口袋里拿出手机疑惑地说："哦对了，我一大早就看到新闻里都在报道说你是什么绑架嫌疑人的事情，你绑架了谁啊？怎么会……"

"啊……啊……啊……"

朱瑶的话还没说完，就被苏小小的尖叫声打断，而她的嘴也被李笑鸽迅速捂住了。

站在原地看着这一切的夏知微联想起一大早李笑鸽和苏小小的不正常，心里有一种不好的预感。她从枕头底下拿出手机，正要打开看看究竟发生了什么事情，就被苏小小一把抢了过去。

"那什么，知微，我们赶紧去上课吧，要迟到了！"苏小小连忙转移话题。

"对啊，时间不早了，我们赶紧走吧。"李笑鸽也装作急匆匆的样子。

"把手机给我。"夏知微伸手去抓苏小小手中的手机，却被她一晃藏在了的身后。

"手机有什么好看的啊？不要看比较好，走吧，走吧，我们去上课吧！"苏小小神色不自然地笑着说。

夏知微没再抢夺，而是趁她们两个人不注意，一把拿过朱瑶手上的手机。

手机上显示的正是夏知微昨天大闹发布会并被警察带走的帖子，跟帖的人有很多，一部分以看热闹为主，留下的都是一些无关痛痒的话。而另一部分，也就是平时看不惯夏知微的那些人，回复的内容中充满了各种恶意的污蔑。

看着那些咒骂自己和冷嘲热讽的话，夏知微觉得胸口上像是被射中了无数支锋利的箭。

压抑已久的情绪濒临崩溃，她不自觉红了眼眶。

苏小小狠狠地瞪了朱瑶一眼："多管闲事。"

李笑鸽看着夏知微近乎崩溃的模样，手足无措地劝道："夏知微，你别多想，这些同学也没有别的意思，他们只是不知道真相，也不了解你。"

"就是,我待会儿就以管理员的身份把这些帖子全给删干净了。"苏小小气得牙痒痒,"我们学校的贴吧风气是该整治整治了!"

夏知微没有吭声,而是随意地从衣柜里扯出一件连衣裙套在身上,面无表情地说:"快迟到了,我们去上课吧。"

苏小小和李笑鸽先是微微一怔,随后难得地统一战线:"对对,要迟到了,快去上课!"

走在去教学楼的路上,三个人之间的气氛异常凝重。李笑鸽一直用胳膊捅苏小小,希望她能说点儿什么来缓和气氛,可苏小小只能回以她一个无能为力的苦笑。

走到食堂附近,人渐渐多了起来,有两个女生在看到夏知微后,用不大不小的声音议论起来。

"喂,那不是夏知微吗?你看了帖子没?她昨天差点儿进公安局了。"

"看到了!太厉害了!要不是突然晕倒,这会儿应该没办法来学校吧?好吓人啊!竟然和绑架案扯上关系!"

"是啊,以后可不能随便惹她,不然的话,她有可能把你绑架了呢!"

这些充满恶意的猜测传到了夏知微的耳朵里,可她像是什么都没有听见一样,自顾自地走着。

"哎呀,你看,大户人家出来的就是不一样,无论碰到什么样的事情都能这么淡定。"

"是啊,如果是我,早就没脸来学校了。"

"喂,你们说够了没有?"李笑鸽阴沉着脸冲那两个女生喊了一声,"嘴巴这么臭,难怪人长得也这么难看!"

"是啊,当我们知微这么好欺负的吗?我告诉你们,以后再让我听到有人说她坏话,我和李笑鸽绝对不会放过她!"苏小小瞪大眼睛,气势汹汹地说。

那两个女生见一个是学校有名的"校霸"李笑鸽,一个是专挖人八卦的"狗仔小天后"苏小小,自认惹不起二人,便悻悻地快步走开了。

见那两个人都走了,苏小小和李笑鸽这才回过头想要安慰一下夏知微,却发现她不知什么时候一个人走在了前面很远的地方。

"苏小小,这个时候你就应该发挥自己的特长,找出那个什么夏颖,帮夏知微洗脱冤屈啊!"李笑鸽忧心忡忡地说。

苏小小看着夏知微的背影握拳:"嗯,放心吧!就是掘地三尺,我也要把那个什么夏颖给找出来。"

5

这段时间，学校里到处都是有关夏知微的风言风语。对于同学们的这些议论，夏知微不是感受不到受伤和委屈，只是一次又一次类似的事情已经让她身心俱疲，根本顾不得难过。

就像这一次夏颖的事件，同学们对她的议论已经上升到人身攻击的地步了，可她现在最关心的是如何从姑姑手里夺回属于自己的股份以及找到夏颖。

虽说夏颖的失踪跟她没有任何关系，但她还是有点儿内疚，如果自己当时稍微留心一下，也许就不会发生后来的事情。

在夏知微烦闷不已的时候，苏小小和李笑鸽在积极地帮忙打探夏颖的事情，沐星澜也没闲着，一有时间就去警局了解情况，打探事情的进展。

三个人都在用自己的方式，希望能够帮上夏知微，让她摆脱那些恶意的人身攻击和指点。

只是几天过去，议论声并没有因为事件的热度降低而停止，苏小小和李笑鸽的进度也基本为零。为了帮忙，苏小小几乎每天都会跑去她师父那儿打探消息，李笑鸽则像保镖一样陪在苏小小的身边。沐星澜也在警局混到了脸熟，可有用的消息依旧没有。

直到学校的新闻版块出了一篇关于夏知微从被赶出家门到被怀疑绑架夏颖的整理帖，从而再次掀起一番舆论狂潮的时候，沐星澜终于从警局那里得到了一条有用的信息。

有人看到领走夏颖的那个男人曾在一家有名的烧腊店打包了吃的。

有了这个信息以后，沐星澜立刻展开了行动，想要去那家烧腊店蹲点守候的时候，恰巧碰到了从报社打探消息出来的苏小小和李笑鸽。

于是，原本单打独斗的守株待兔计划，变成了三人行。

在烧腊店蹲守了好几天，三个人还是一无所获。逐渐丧失耐心的李笑鸽不耐烦地抱怨道："到底要等到什么时候啊？如果他就是不来买东西该怎么办？"

"你有点儿耐心好不好？这可是我们这么久以来掌握的唯一一条线索，如果连这条线索都放弃，那我们就真的什么都帮不上夏知微了，你也不想看着她每天魂不守舍的样子嘛……"苏小小说完，又将胸前的小望远镜放在眼前，"我告诉你，像这种蹲点守候，是我刚进报社的时候必学的技能之一。"

"那是，你可是要成为最有名的狗仔的人，我哪能跟你比啊？"李笑鸽没好气地瞪了她一眼，"我只是想说，我们与其在这里浪费时间，还不如想想别的办法。"

这时，自始至终没有说话的沐星澜突然开口："我觉得那个男人再次出现的概率很大。"

说完，他喝了一口可乐，然后严肃地一条条分析道："这家店是一家口味老店，来的大多是熟客。我调查过了，这家店的老板很保守，没有和网上的任何一家外卖平台合作，也就是说，那个男人不是恰巧来这里买外卖，而是刻意过来的，这就证明，不是他就是夏颖喜欢吃这里的东西。我们只要在这里等，就一定能够等到他的出现。"

听了沐星澜的分析，苏小小忍不住露出钦佩的表情："哇！沐星澜，你也太厉害了吧？真是什么都在行啊，难怪你在学校人气那么高！"

李笑鸽看到苏小小一脸崇拜的样子，忍不住露出嫌弃的表情："好了，好了，你的口水都快流出来了，赶紧观察你的。"

苏小小嘿嘿一笑，拿起望远镜继续观察。

三个人又开始了漫长的等待。

不知过了多久，就在大家的耐心都快要耗尽的时候，沐星澜激动地说："出现了，出现了！他来了！"

听到这句话，李笑鸽立刻打起了精神，苏小小也迅速举起了望远镜。

"哪个？穿蓝色衬衫的那个人吗？"苏小小问。

沐星澜点头："嗯，就是他，我们盯死他，你们谁给夏知微打个电话？我想她应该很想赶紧澄清这件事。"

李笑鸽掏出手机，拨通了夏知微的号码。

"夏知微，我们找到了带走夏颖的人，你赶紧过来……"

第十章 好朋友就是坏事一起扛

1

生活就是这样,在给你一记又一记的重拳后,也会给你不断反击的能力和希望……

夏知微一挂上李笑鸽的电话,就匆匆忙忙地赶到了她说的那个地点,此时的沐星澜三个人正鬼鬼祟祟地站在一个破旧居民楼的门口朝里看。

看他们三个人的模样,似乎并不想被人发现。

"你们都在?"夏知微看到这样的架势,不由得压低了声音,放慢了脚步。

苏小小做了一个噤声的手势,将她拖到自己身边:"刚才我们看到那个男人朝这栋楼的四楼去了,他进了最中间的那个房间。"

"我们得想办法进去那个房间,看夏颖是否在里面。"沐星澜认真分析。

"沐星澜,你怎么也在?"

夏知微看着沐星澜忍不住问,对于沐星澜的出现,她还是感到很意外的,毕竟李阿姨的高利贷事情还没有解决,小吃店每天也很忙,本以为他没有时间关心自己呢……

"没有他,我们根本不可能找到这个地方。这几天多亏了沐星澜,为了帮你,他可是出了不少力。"苏小小帮沐星澜解释道。

一听沐星澜对自己的事这么上心,夏知微忍不住红了脸,内心对他很是感激。

怕夏知微有心理负担,沐星澜连忙否认道:"没有没有,其实也没有花很多时间。不管怎么样,今天总算是有一点儿收获了。"说到这里,他用手撑着下巴,做出思考的表情,"待会儿我们可以这样,我假装楼下的住户,去敲门说是他们家漏水,然后让他开门,等那个男人一开门,你们三个人就往里面冲,只要确定夏颖在里面,我们就立马报警,怎么样?"

"这个办法好!只是……"苏小小的大眼睛骨碌一转,露出一个狡黠的笑容,"你长得不像楼下的住户,李笑鸽长得比较像。"

李笑鸽听见这句话,气不打一处来,抓着苏小小的脑袋就是一顿捶,弄得苏小小连连求饶。

看着这两个人打闹,夏知微忍不住笑出声。

"好了,别闹了,还是我去,李笑鸽毕竟是女孩子,敲开门万一有什么危险,也不好应对。"沐星澜拒绝了苏小小的提议。

李笑鸽冲沐星澜感激一笑:"沐星澜,谢谢你,很多人根本不把我当女生的。"说完,还不忘狠狠瞪了苏小小一眼。

苏小小则毫不掩饰地咯咯笑着。

"夏知微,你觉得这个办法可行吗?"见夏知微一直没有发表意见,李笑鸽问。

"嗯,可以,我刚才看了一下,这栋大楼一共有两个出口,左边出口堆积的杂物太多,不适合逃跑,所以如果到时候真的发生了什么危险,我们除了求助旁边的邻居,记得要从右边的出口逃走。"夏知微一边分析,一边用手指了指出口的方向。

沐星澜点了点头:"嗯,刚才我也考虑过这个问题,正打算跟你们说的。"

见他们俩一唱一和,苏小小的职业病又犯了,一脸八卦地说:"不知道的人还以为你俩是合作很久的搭档呢,不然怎么会这么有默契?"

这话一出,沐星澜和夏知微两个人下意识地对视一眼,然后又因为害羞迅速地移开视线，谁也没有注意到彼此红透的耳尖。

"好了好了，走吧。"沐星澜为了不让她们看出自己的窘迫，一个人走在最前面。

几个人走到四楼以后，一切都按照沐星澜的计划进行。

"砰……砰……"

沐星澜率先敲起了门。

一开始还能在门外听见屋里电视机的声音，可敲门声一响起，屋里突然变得安静了，这样的转变让沐星澜不由得提高了警惕。

"砰……砰……"沐星澜再次叩响了门。

"谁啊？"过了半响，屋里传来一个浑厚的男声。

"你好，我是你楼下的邻居，有点儿事想要找你帮忙。"沐星澜说完，便开始双手握拳，以防有什么意外。

"什么事要帮忙？"听语气，那男人似乎并没有想要开门的意思。

"我家厨房漏水了，刚才请了师傅来看，说是你们楼上的问题，师傅让我上楼来看看，麻烦您开一下门好吗？"沐星澜再次表明目的。

屋内又回归了安静，过了一会儿，传来踢踏踢踏的脚步声。

一分钟后，门打开了，一个男人出现在沐星澜面前。他的头发有些凌乱，面容很是憔悴，黑色的胡楂显得整个人没有精神，苍白掉皮的嘴唇像是急需滋润一般。他穿着一件洗了很多次以至于有点儿发黄的白色衬衫，黑色西装裤虽然有皮带的支撑，却还是松松垮垮地包裹着他瘦弱的身躯，脚上踩着一双深蓝色人字拖，看起来邋遢而没有生气。

"我的厨房并没有用过，怎么会漏水到你家？"男人开了门以后，看着沐星澜问道。

沐星澜一边用视线扫向屋内，一边回答男人的话："那个……"

漏水跟你……有没有……"编造的谎话还没有说完，就看到了坐在电视机前吃东西的夏颖。他一下子撞开扶着门的男人，然后大声地朝后喊："她在这儿，她在这儿，快来！"

听见沐星澜的喊声，三个人火速从一旁的过道跑了过来，李笑鸽人高体壮，首先控制住了倒在一旁的中年男人，沐星澜和夏知微拉起夏颖准备跑，而跑在最后的苏小小则拿出了手机。

"快走快走，我来报警，我来报警！"苏小小一边喊，一边开始拨号。

可还没等她打通电话，被搀扶着的夏颖便猛地推开沐星澜和夏知微，跑到苏小小的面前，一把打掉了她的手机。

"你们是谁？想要干吗？为什么要报警？"夏颖警惕地看着几个人，最终在认出了夏知微以后，微微一怔，她小心翼翼地询问，"你是夏知微？"

夏知微点头："我们是来救你的，至于这个坏蛋，警察会来抓他的，你不要担心，我们是好人。"

这话听得夏颖匪夷所思："为什么要救我？警察为什么要抓他？"

在场的几个人被夏颖问得一头雾水，苏小小看着夏颖："你没搞错吧？你该不会是被洗脑了吧！这个人不是绑架了你吗？我们几个人为了来救你，可是费了好大的劲儿呢！"

"你们才搞错了吧！我从来就没有被绑架！你们抓住的这个人是我爸爸！"夏颖的情绪很激动，原本就虚弱的脸变得更加苍白。

本来还在内心暗暗庆幸计划成功的几个人在听到这句话后全部呆在原地，宛若一尊尊石像。

2

听了夏颖的详细讲述以后，大家才知道事情并不像他们想象的那样。

那个看起来十分落魄的男人并不是绑架她的人，而是她的父亲欧阳南音，她的原名也不是夏颖，而是欧阳颖儿。

别看欧阳南音现在看起来失意潦倒，但他以前可是鼎鼎有名的金融才子，他经手的股票和基金让不少人赚得钵满盆盈，而他也一跃成为最有名的股票经纪人。

在欧阳颖儿的印象中，父亲永远都是高大帅气无所不能，妈妈许眉虽然偶尔心事重重，但大部分时间还是温柔贤惠的。本以为生活会这样一直幸福美满，没想到却遭到了一次重创。

欧阳颖儿从小心脏就不好，因为不能做剧烈复杂的运动，她从来没有上过体育课。

一直靠药物维持的她在十二岁那年突然在浴室晕倒，被送往医院治疗时，被医生告知必须要尽快进行心脏移植手术，可当时没有与她匹配的心脏，便只能选择等待。

也是在这个时候，她发现父母之间的争吵加剧了，为了找到与她匹配的心脏，欧阳南音不远万里去了美国和法国，许眉则留在国内排队等待。

终于，在她十三岁生日那天，她得到了与之配型的心脏，并取得了手术的成功。

虽然以后的人生要一直与药物相伴，还要定期复查肝肾功能，但能够活下来，欧阳颖儿已经很感激了。

就在她以为生活即将步入正轨的时候，命运出现了转折，她的家庭正一步步走向悬崖。

因为多次去国外帮欧阳颖儿找寻合适的心脏，欧阳南音夜以继日地奔走，以至于忽略了几个重要客户手中股票的抛售点，让客户遭受损失不说，还让整个公司蒙受了巨大的损失。

在赔偿了巨额的钱财以后，因为名誉和信用受损，欧阳南音在其他证券公司再也没办法获得一展拳脚的机会。

丢失了工作，家庭的开支和生活的落差让欧阳南音一蹶不振，突如其来的一场大病，更是让他整个人跌入了谷底。

"爸爸变成这样都是因为我，如果不是我生病的话，他就不用没日没夜地奔走，也不会丢了工作。现在他的胃和肝脏都出了很大的问题，每个月都要去医院治疗。"

说着说着，她的声音里渐渐有了哭腔："家里已经没有钱了，原本我以为妈妈把我带到夏家是给我们找到了依靠，却没有想到她是让我骗人，让我不要做欧阳颖儿，而是当什么夏颖……"

说到这里，欧阳颖儿泣不成声，而一旁的欧阳南音则是一直低着头没有说话。

"可……可他如果是你爸爸，为什么要绑架你呢？"苏小小忍不住问。

"他没有绑架我！是我妈妈不让我见他，无奈之下，我们才偷偷逃走的！"

欧阳颖儿的情绪在这个时候变得非常激动，她有点儿哽咽地说："她明知道爸爸每个月都要去医院检查，却连问都不问，还要去那个夏家，还说什么，我本来就是夏家的亲孙女这种鬼话。我的爸爸就在这里，我的爷爷明明在我五岁那年就去世了，真搞不懂，我的妈妈怎么会变成这样，为了达到自己的目的，什么样的谎话都

能说出来!"

欧阳南音看着欧阳颖儿,一副欲言又止的模样,他支支吾吾道:"颖儿,其实……其实……"

"爸爸,你不要帮着妈妈了,你看看她是怎么对你的!我前几天已经给她打过电话了,跟她说不要报警,我跟你在一起,结果呢?她还是报警了,她就是想要过上所谓的光鲜亮丽的生活,然后把你从她的生活踢出去,你放心,我不会让她得逞的!"看起来柔柔弱弱的欧阳颖儿这个时候却格外坚定顽强。

欧阳南音没有再出声,而是低着头叹了一口气,似乎有什么难言之隐。

"爸爸,其实我在夏家一点儿都不开心,虽然吃穿不愁,可我还是想念我们一家人在一起的时光,如果不能一家人在一起,那么吃得再好,穿得再好,都没有意义不是吗?"欧阳颖儿看着欧阳南音,语气里有委屈,也有撒娇。

"唉,你妈妈真是太过分了,明明知道你不是被绑架的,还要污蔑夏知微,不知道安的什么心……"苏小小听到这里,有些愤愤不平。

欧阳颖儿抱歉地看向夏知微:"对不起,又一次因为我连累你了,其实我妈妈和你姑姑她们到底想要干什么我也不知道,她们每天不是让我在楼上养身体,就是让我去花园晒太阳,就连你被赶出去,我也是最近才知道的。"

夏知微摇了摇头:"你不用说对不起,这跟你没有关系,一切都是姑姑的阴谋,而且她的目的达到了,她已经成功把我赶出了夏家,还拿走了我的股份,我以后在她那里已经没有任何利用价值了。"

欧阳颖儿惊讶地看着夏知微,忽然有些同情她,她轻轻摸了摸她的手，愧疚地说："虽然这一切并不是我的安排，但确实是因为我的出现，你的世界都变了，对不起。"

"不要这样，我相信所有事情都会有真相大白的一天。"夏知微努力挤出一丝笑容。

听着她们两人的对话，消化着这纷繁复杂的一切，苏小小和李笑鸽忍不住咂舌。

"你们这些豪门还真是复杂，连亲情都这么可怕……"从欧阳颖儿家里出来以后，苏小小忍不住感叹。

"是啊，我今天算是开了眼界了。"李笑鸽似乎还没有从刚才的震惊中缓过来，"什么绑架啊，真假公主啊，股票买卖啊，天哪，跟电视剧一样！"

夏知微听着这些话，只能苦笑。

这时，走在她身边的沐星澜伸出手温柔地拍了拍她的肩膀。

趁苏小小和李笑鸽走在前面没有注意，他弯下腰，轻柔地在夏知微耳边说："你不要害怕，不管发生什么事情，我都会陪着你。"

明明是再简单不过的一句话，夏知微却觉得仿佛获得了无限的勇气。

她的心里涌上一股暖流，是啊，她从来就不是一个人……

"喂，你们俩在说什么悄悄话？"苏小小突然转过身，蹿到两个人的跟前。

夏知微和沐星澜都没有回答她的问题，而是笑了笑没再说话。

这样卖关子的回应本来令苏小小有些生气，但她突然想起什么似的，一把抓住沐星澜。

"沐星澜，你前几天不是说你妈妈被人骗去投资电视剧，然后借了高利贷吗？我忘记告诉你了，我师父最近就在跟这个案子呢！"

3

苏小小告诉沐星澜,她的师父正是南方报社的记者,最近报纸的头条就是一个鼎鼎有名的诈骗集团利用多金中年妇女想要成为明星的愿望,诱骗她们投资电视剧,从而进行诈骗的新闻。

本来沐星澜对于通过新闻媒体抓到犯罪集团是不抱什么期望的,但他没有想到的是,警察还真的通过记者的消息找到了那伙人,并将他们一并抓获。

李安琪投资的款项虽然有一部分已经无法追回,所幸大部分得到了归还,加上这些日子以来小店经营有道,高利贷所欠下的债款总算是还清了。

为了感谢这些日子以来大家的帮助,沐绍明专门举办了一个小型的庆祝会。

庆祝会的现场被沐星澜和夏知微用各种颜色的气球装点,搭配素色的花环和彩带,让原本普通的小店看起来干净又素雅。

小店的中间还放了甜品台,上面除了有沐绍明炸的新鲜虾饼和美味薯条,还放着李安琪特意做的森林系奶油蛋糕和小甜点。

被邀请来的人有苏小小和她的师父张宇航,以及报社里曾经帮助李安琪找到诈骗集团的同事。

当然,还有带着大桶冰可乐的李笑鸽。夏知微本来邀请了朱瑶,可她推托说社团里有事不能来。

"其实就是不想跟我们在一起吧!我跟你们说,我一直觉得朱瑶怪怪的,上次那个帖子的事情,还有李笑鸽收养流浪狗被发现的事情,我真怀疑都是她干的!"

苏小小一边吃着小蛋糕,一边说出了自己的看法。

夏知微知道苏小小对朱瑶早有微词，便说："这种没有证据的事情，我觉得我们还是不要乱说比较好。你想呀，你要是被人冤枉，心里肯定也不好受吧？你说是吧笑鸽？"

正在大快朵颐的李笑鸽突然被点名，不由得停下了手中的动作。不同于以往站在朱瑶那边的立场，此时的李笑鸽面露难色，似乎有什么难言之隐。

"笑鸽，难不成你也和苏小小想的一样？"夏知微见她一副欲言又止的模样，不由得有些狐疑。

李笑鸽低下头，犹豫了一会儿才缓缓开口："我其实也不想怀疑她，只是时间点太过巧合，上一次，她刚嫌弃了我的狗，宿管阿姨就来了，这容不得我不多想啊！"

"对啊对啊！就是因为那件事我才开始怀疑她的！"苏小小连声附和。

夏知微本来还想继续帮朱瑶解释一下，却发现她们说的似乎很有道理，便只能作罢。

李笑鸽接着说："我一开始觉得她挺好的，文静内向，跟我的性格差不多，可后来接触久了发现……"

她的话还没说完，就被苏小小打断了："李笑鸽同学，你是对自己有什么误解吗？文静内向？跟你的性格差不多？"

见苏小小调侃李笑鸽，夏知微忍不住笑出了声。

李笑鸽瞪了两个人一眼："你们俩什么意思？一个言语侮辱，一个嘴上嘲笑？"

夏知微忍不住补刀："我只是觉得苏小小说得很对。"

李笑鸽气不打一处来："随你们怎么损，我不在意。"

三个人你一言我一语，开始争执起来。

就在这时,苏小小的师父张宇航走了过来,三个人这才停止了说闹。

"小小,上次你拿去的工作证放哪里了?"张宇航问。

工作证?

苏小小看向一旁的夏知微,夏知微这才想了起来:"哦,上次的工作证我一直放在店里,打算等你来了就拿给你,却一不小心忘记了。你等一下,我这就去拿,就在收银台下面的柜子里。"

"我去吧,正好我想再拿点儿奶油蛋糕和水果。"苏小小狡黠一笑。

"那给我也拿点儿。"李笑鸽嘱咐道。

"好嘞。"苏小小爽快地答应,说完就朝收银台小步跑去。

留下夏知微一脸疑惑地看着她们。

找到了夏知微所说的那个柜子,苏小小刚打开就看到工作证完完整整地放在里面,伸手拿出来以后,一个高高的蓝色盒子吸引了她的注意。

天生的八卦性格令苏小小怀着探究又有点儿罪恶的心,打开了那个蓝色的盒子。

只见盒子里装着一个用乐高拼成的小模型。模型的造型是小吃店,缩小版的乐高小吃店和现实中一样有着白蓝色的遮阳篷和浅木色的小椅子,还有各种美味食材。

唯一不同的是,在小店的门口站着一个穿着蓝色裙子的女生,她头发长长的,还拖着一个箱子。

看着这个女生,苏小小不知道为什么,脑子里第一个浮现的人影就是——夏知微。

这个盒子会是谁的呢?

这个模型又代表着什么呢?

为什么会出现在这里呢?

苏小小的脑子开始飞速地运转,就在这时,她的身后传来一个声音。

"喂,你怎么可以动这个盒子?"

4

苏小小转过头,在看到身后的人时脸上露出了得意的笑容。

跟她料想的一样,此刻神情紧张,因为自己的秘密被发现而显得有点儿惊慌的人,不是别人,正是沐星澜。

而这个乐高模型显然就是他打算送给夏知微的。

"嘿嘿,被我发现了吧?"苏小小一脸八卦地看着沐星澜,在发现他脸上的表情由惊慌变得严肃后,不得不收起自己的八卦之心,毕竟乱翻别人东西是不对的。

沐星澜从苏小小的手里拿过模型,装进盒子里以后,又收回了柜子里。

"你放在这里不安全,夏知微经常把自己的东西放进来,保不准什么时候被她发现。"苏小小忍不住提醒他。

沐星澜本来微微有些怒气,可转念一想,苏小小说的确实有几分道理,便将盒子从柜子里拿了出来。

见沐星澜的表情有些缓和,苏小小这才小心翼翼地打探:"还有一个多星期就是夏知微的生日了,你是不是打算给她一个惊喜?"

听到这话,一向高冷的沐星澜居然脸红到脖子根。

看了他的反应,苏小小觉得自己猜得八九不离十,兴奋得忍不住直跺脚:"我就知道,我就知道!"

沐星澜没好气地瞪了她一眼:"你是要向全世界宣布吗?"

苏小小立马捂住嘴偷乐:"放心放心,我保证不会说出去的!只不过你要答应我,让我给你出谋划策!我也参与进来吧,一起给知微一个惊喜!"

沐星澜有些犹豫,手不停地摩挲着盒子。

不过，让苏小小参与进来也不是什么坏事，毕竟她们是很好的朋友，大家一起为她准备一个惊喜，她应该会更加开心吧……

思索了很久，沐星澜点了点头："好吧，那过几天我们一起想想怎么给她准备惊喜吧！不过既然说了是惊喜，你就不要大声嚷嚷了。"

苏小小拍了拍胸脯保证，然后做了一个封住嘴巴的动作："放心，我一定保守秘密，我先过去啦！我师父还等着我拿工作证给他呢！"说完，便一蹦一跳地走开了。

看着苏小小离去的背影，沐星澜拿着盒子，内心有些忐忑，又有些紧张。

可这样的情绪，在隔着远远的距离看到夏知微脸上的微笑时得到了舒缓。

在苏小小朝夏知微一行人走去的时候，张宇航正用探究的眼神打量着夏知微，为了让自己的行为看起来不那么突兀，他假装一边喝着杯子里的香槟，一边偷瞄。

可他自以为隐藏得很好的偷瞄行为还是被李笑鸽发现了。

李笑鸽正想提醒夏知微，夏知微的手机却在这个时候响起。

掏出手机，屏幕上出现的人名让夏知微的心里咯噔了一下。

林佳苿。

自从上次发布会的事件以后，她已经很久没有见到林佳苿了，而且她也不想再去深究林佳苿当时说的话是真的还是假的。

所有的事情不过是一场闹剧，而自己则像一个傻子一样，跳进了一个圈套。

"喂？"夏知微找了一个僻静的角落，接通了电话。

"夏知微。"林佳苿的声音很小，似乎是在偷偷打这通电话，"我

待会儿就要上飞机了,我妈不想让我在这里添乱,让我去意大利进修,我打电话是想要告诉你,今天早上,我看到了一份DNA(脱氧核糖核酸)报告,报告上是你和夏颖两个人与爷爷的DNA对比……"

说到这里,林佳茉停顿了一下,似乎对自己即将要说出的话有些犹豫,她叹了一口气后,继续说:"报告上显示,夏颖才是爷爷的亲孙女,你不是……我本来以为这份报告是假的,便打电话向出示这份DNA报告的机构求证,这是目前国内最权威的基因检测机构,他们告诉我,这份报告是真的……"

一直在电话这头安静听着这一切的夏知微呆呆地站在原地,很长一段时间,她的眼睛都没有任何闪动,像一只没有灵魂的布偶。

"这大概就是我妈从一开始就坚定地想要把你赶出夏家的原因吧,你从始至终就不是夏家的人,所以,夏知微,你到底是谁?"林佳茉提出这样一个疑问以后,电话那边就传来另外一个声音,催促她赶紧登机。

于是,所有的对话,就在这里终结了。

夏知微拿着手机,像是被定格了一般,长时间地呆立着,似乎这样,就能将那个想都不敢想的问题隔绝在脑海之外。

直到苏小小跑过来拍了拍她的肩膀:"夏知微,你干吗呢?"

突如其来的声音让夏知微从自我封闭中清醒过来,与此同时,林佳茉的话也重新席卷她的大脑。

"你不是夏家的人,你不是爷爷的亲孙女……"

"你是谁?你不是夏知微,那你是谁?"

是啊,如果我不是夏家人,那我到底是谁?我的亲人在哪里?我究竟属于哪里?

许许多多的问题不断地冲击着夏知微,她的眼泪开始不受控制地掉落,手指因为害怕而颤抖。

她这副模样吓到了苏小小,苏小小一下子慌了神,她扶住夏知微的胳膊,声音担忧又焦急:"知微,你怎么了?你不要吓我啊!"

苏小小并没有唤醒夏知微的意识,她的神情依旧因为过于悲伤而显得有些恍惚。

"我是谁?"夏知微神色茫然地看着苏小小问。

"啊?你是谁?你是夏知微啊!"苏小小见她这个样子,彻底慌了神,她的眼睛开始四下张望,在看到沐星澜和李笑鸽因为这边的动静赶过来的时候,这才稍微感觉安心。

"我不是夏知微,我不是,我不是,我到底是谁,到底是谁?"夏知微突然大声地喊道,想要挣开苏小小的束缚,可每一次都被更大的力量抓了回去。

苏小小无可奈何,只能向沐星澜和李笑鸽求助:"你们俩快点儿,我快没有力气了!"

沐星澜火速跑到两个人面前,一把抓住快要崩溃的夏知微,焦急地问:"怎么了?她怎么了?"

苏小小摇头,也是一脸的不明所以:"我也不知道,找到她的时候她就这样了。"

李笑鸽这时也赶到了:"怎么了?刚才还好好的,怎么接了一个电话后就变成这样了?"

三个人带着各自的疑惑看着夏知微,希望能从她的嘴里得到答案。

可夏知微没有再说话,她的额头开始冒出细密的汗珠,嘴唇也开始发白,整个人像是虚脱一般,朝沐星澜的身上重重倒去。

等夏知微醒来的时候,沐星澜已经把她抱回了小店,所有人都

第十一章 无法出席的小幸运

用关心和疑惑的眼神看着她。

"知微,你醒了!你刚刚吓死我了。"苏小小第一个发话,满脸焦急。

夏知微觉得头还是有点儿晕,这时,她的手边出现了一杯温热的水。

沐星澜关切地说:"先喝点儿水。"

夏知微接过水杯,慢慢地吞下一口水,她知道,所有人都在等她说些什么。

可她也不知道该如何开口。

告诉大家,自己的身世竟然变成了一个谜?

而这个世界上唯一知道她究竟是谁的人,此刻还躺在病床上昏迷不醒。

她不想说,起码此刻不想说……

"夏知微,你说句话啊,你知不知道你刚才那个样子,都快把我们吓死了?"李笑鸽也一脸担忧。

"是啊,知微,你到底哪里不舒服呢?要是不舒服就说出来,我们带你去医院。"李安琪安抚道。

一旁的沐绍明猜测道:"是不是天气太热中暑了?"

见大家都这样关心自己,夏知微有点儿过意不去,她摇摇头,说:"没有,我就是有点儿累,想要回宿舍休息。"

听她这样说,在场的所有人都表示怀疑。

只有沐星澜默默拿起夏知微的书包说:"走,我送你回宿舍。"

夏知微很是感激,抱歉地对大家说:"你们好好玩,我先回去了。"

跟着沐星澜坐上了他的单车后座,一路上,微风都在不停地轻抚着她的脸颊。夏知微让自己的脑袋彻底放空，才不至于因为崩溃又一次落泪。

沐星澜像是感受到夏知微的心思一样，一路上都没有说话，只是沉默地骑车。

到了宿舍门口，他才说了一句："夏知微，不管你遇到什么样的烦恼，都要知道，我们会一直在你身边。"

听到这样的话，夏知微的眼圈又一次泛红，她点了点头，拖着沉重的步子朝寝室走去。

第十一章 无法出席的小幸运

5

接下来的几天里,夏知微变得异常沉默,苏小小和李笑鸽都察觉到了不对劲儿,却不敢问她到底怎么了。

夏知微有去医院找过爷爷,可爷爷仍在昏迷之中。

很多问题都没有答案,很多事情也得不到解决。

自己的身份是假的,但是这么多年爷爷对自己的疼爱又是那么真实。

如果一切都是假的,那么这么多年的陪伴和关心又代表着什么呢?

没有亲情的加持,是什么让爷爷这么宠爱自己?

夏知微想不出任何答案。

时间就这样流逝,在她烦恼和疑惑的时候,苏小小和李笑鸽为了让她重新快乐起来,和沐星澜忙活着准备给她一个盛大的生日惊喜。

终于迎来了夏知微十六岁的生日。一大早,苏小小就蹿到夏知微的床前,等她一睁开眼,就笑容灿烂地说:"生日快乐!"

夏知微心中很是感激,却只能勉强挤出一丝笑容:"谢谢。"

"生日快乐。"李笑鸽也凑过来祝贺道。

"记得放学以后来校门口的那家奶茶店找我们啊!"苏小小提醒说。

这句话从前天晚上到现在,她已经说了不下十遍。

夏知微点了点头:"嗯,记住了,我记住了!"说完,便下床去洗漱。

"好了,你不要再啰唆了,昨天到今天,这句话我都听烦了。"

看着夏知微去了洗手间，李笑鸽忍不住吐槽。

苏小小不服气地说："我们准备了那么久的惊喜，主角一定要到场啊，不然不是瞎忙了吗？"

李笑鸽敷衍地点了点头。

夏知微洗漱完毕后和苏小小、李笑鸽朝教学楼走去，同前几天一样，她的话依旧很少，似乎在自己的周围装了一层玻璃罩，隔绝了一切声音。

苏小小和李笑鸽一直将她送到教室门口，苏小小还不忘提醒她放学以后的约定。班上的同学早就习惯了夏知微的高冷，所以对她冷漠的态度倒也没有觉得奇怪。

一整天的课业结束，夏知微的手机里收到的第一条短信就是苏小小发来的"奶茶店见哦！"

夏知微知道，他们一定给她准备了生日惊喜。

虽然心情很糟糕，过不过生日都无所谓了，但她不想浪费他们的心意，便拿起书包，走出教室。

刚走到学校门口，一道身影突然出现在她的面前。

"好久不见，知微。"

他的声音清澈又充满磁性，脸上挂着那抹再熟悉不过的笑容，夕阳的余晖将他的身影拉得很长，瞬间，她觉得仿佛回到了很久以前。

而这个时候，被隆重装点过的奶茶店里，苏小小、李笑鸽还有沐星澜正期待地等着夏知微的出现。

苏小小和李笑鸽围着桌边打闹，沐星澜的视线则是放在一旁的背包上，他看着里面的蓝色盒子，忍不住露出浅笑，这引来了苏小小和李笑鸽的注意。

"哎呀，今天指不定我们会见证什么不得了的事情呢！"苏小

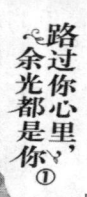

小调侃。

可让他们三个怎么也没有想到的是,站在校门口的夏知微或许会缺席这场精心准备的惊喜。

"跟我走吧,知微。"

那道身影如是说。

——本季完——

意林·轻文库"恋之水晶"系列励志青春偶像剧

指尖花凉
忆成殇

 年华如花，× 唯美绽放，

 为你讲述一段被眼泪与梦想灌溉的成长故事！

异国梦碎，苏瑾重返故土，
然而物是人非，
杨晏然的突然出现令顾铮濒临崩溃，
多年的等候难道只是一声叹息？

相伴走过整个青春的少年，
你是否还会等在原地，温暖如初？

梅吉

多年沉淀，娓娓道来，
叩响你心底关于青春的无限追忆。

暖心分享价：25.80元

意林·轻文库 /心/动/策/划/ "星梦男神"青春大系列

十二款超梦幻花样美男，款款悸动你的心！

《巨蟹座男友·八音霓裳①》
他是古风音乐圈大神，
也是计算机系男神。
他坚定、忠诚，目光只为她而闪耀。
**他是温暖专一的巨蟹座，
等你来签收！**

《天秤座男友·观花魅影①》
他是街头魔术师，也是私人影院老板。
他温和、内敛，将满心爱意深藏。
**他是优雅神秘的天秤座，
拨动你的心弦！**

《水瓶座男友·仲夏骊歌①》
他是能源司指挥官，也是大学科学教授。
他儒雅、寡言，默默守护身畔。
**他是冷峻多变的水瓶座，
与你浪漫邂逅！**

超值
收藏价
25.90

随书附赠：珍藏版"十二星梦男神卡"一张（双面全彩）
即将出版：《射手座男友·绮罗星辰》《双子座男友·命运指轮》
《狮子座男友·太阳青穹》
步履不停，壮观来袭！（书名以实际出版为准）

【后宫传奇宠妃的人生，步步惊艳】

《赝妃传奇》三部曲 整装来袭！

西西东东 著

《赝妃传奇（三）逆战》

真假余情 ✕ 真假思慕
真假龙凤 ✕ 真假归离

重重宫闱，风云变幻，
她靠着擅仿旁人的秘术，仍躲不过明枪暗箭无数！
远走归乡，困难重重，
本已抛却前尘，为何命运百般阻拦！
她本是温润的水，奈何一身澄澈托付于帝王之家，
他铁腕冷峻，愿为江山负美人？
"你我都不再是从前的样子"
她经受的一切痛苦，
都要**百倍奉还！逆世而战！**

唯美分享价：
30.00元

随书附赠：精美书封明信片3张

《赝妃传奇（一）"谜"宫》

真假太后 ✕ 真假恩人
真假父子 ✕ 真假龙种

随书附赠：精美信纸8张 大幅海报1张

唯美分享价：
25.00元

《赝妃传奇（二）妃嫁》

真假青梅 ✕ 真假皇子
真假公主 ✕ 真假妃嫁

随书附赠：精美信纸8张 大幅海报1张

唯美分享价：
25.00元